Chère lectrice,

Si le mois de septembre marque la fin de l'été, c'est aussi le moment propice pour les nouveaux départs et les bonnes résolutions ! C'est ce que pensent aussi nos héroïnes, qui vont décider de faire table rase du passé et de se lancer avec passion dans de nouvelles aventures. Ainsi, dans *Un amant italien* (Janette Kenny, Azur n° 3392), la fougueuse Delanie doit-elle prendre des décisions qui bouleverseront à jamais son existence, lorsqu'elle voit ressurgir dans sa vie l'homme qui lui a jadis brisé le cœur et qui tient à présent son destin entre ses mains. Un roman intense qui ne manquera pas de vous émouvoir.

Tout comme le bouleversant roman de Maisey Yates, *Le play-boy de Santa Christobel* (Azur n° 3395). Pour ce sixième tome de votre saga « La Couronne des Santina », c'est dans l'intimité de la princesse Carlotta Santina que vous aurez le plaisir infini — et le privilège exclusif ! — d'entrer. Une jeune femme hors du commun, prête à tout pour protéger son enfant, déchirée entre ses devoirs royaux et son irrésistible envie de vivre pleinement.

Je vous souhaite une très belle rentrée, et un excellent mois de lecture.

La responsable de collection

Pour l'amour de Chloé

ROBYN DONALD

Pour l'amour de Chloé

Collection : Azur

Cet ouvrage a été publié en langue anglaise
sous le titre :
POWERFUL GREEK, HOUSEKEEPER WIFE

Traduction française de
FLORENCE JAMIN

HARLEQUIN®
est une marque déposée par le Groupe Harlequin
Azur® est une marque déposée par Harlequin S.A.

83-85, boulevard Vincent-Auriol, 75646 PARIS CEDEX 13.
Service Lectrices — Tél. : 01 45 82 47 47
www.harlequin.fr
ISBN 978-2-2802-7980-2 — ISSN 0993-4448

1.

Iona Guthrie étouffa un juron peu digne d'une jeune femme bien élevée et retira sa blouse trempée avec une grimace. Le détergent qu'elle avait aspergé dessus avait traversé le tissu jusqu'à sa peau, et la sensation du liquide froid et collant sur sa poitrine la dégoûtait.

« Bon, et maintenant, qu'est-ce qui va encore me tomber dessus ? » se demanda-t-elle, découragée, en se dirigeant vers la salle de bains, à l'entrée du luxueux penthouse. D'abord, le système d'aspiration centralisé tombe en panne, ensuite, les draps de soie faits sur mesure sont égarés chez le teinturier, et maintenant ça ! Je vais finir par croire que cet appartement est maudit ! Qu'est-ce qui m'attend, à présent ? Un tremblement de terre, une inondation ? »

Elle remit en place ses boucles blondes échappées de la queue-de-cheval qu'elle portait toujours quand elle travaillait et entra dans la salle de bains.

Un bouquet de roses anciennes disposé avec art sur un guéridon de marbre dégageait un délicieux parfum poivré qui l'apaisa un peu. Elle admira un instant les fleurs tout en se disant que les très riches — en l'occurrence les très très riches — vivaient vraiment dans des conditions très privilégiées…

Heureusement pour elle, l'homme d'affaires multimillionnaire pour lequel le penthouse avait été préparé n'arriverait pas avant quelques heures, ce qui lui laissait le temps de finir le travail, se dit-elle en posant la blouse souillée sur le porte-serviettes. D'ailleurs, elle avait presque terminé... Il faudrait dire au superviseur de surveiller la femme de ménage : elle avait en effet retrouvé un cheveu sur un des lavabos de la salle de bains de la suite parentale. C'est en voulant le nettoyer qu'elle avait saisi un peu trop vigoureusement le flacon de détergent, dont la moitié du contenu s'était renversé sur elle.

La vaste baie vitrée offrait une vue somptueuse qui aurait calmé n'importe qui, même une assistante personnelle stressée et inondée de détergent...

Auckland semblait se préparer pour le superbe week-end qui s'annonçait. Le radieux soleil printanier illuminait les bateaux de plaisance sagement rangés dans le port, jetant des reflets dorés sur les îles environnantes.

Iona sursauta : la sonnerie indiquant que quelqu'un était entré dans l'ascenseur privatif venait de retentir...

Angie était pile à l'heure ! constata-t-elle en jetant un coup d'œil à sa montre. Sa cousine, qui était aussi son employeur, venait la chercher pour leur prochaine mission, un grand barbecue qu'un de leurs clients avait soudain décidé d'organiser pour une vingtaine d'amis, le soir même.

Le soutien-gorge alla rejoindre la blouse sur le porte-serviettes. Iona jeta un coup d'œil à son reflet dans le miroir, prit des mouchoirs en papier dans son sac et ouvrit l'élégant robinet en laiton brossé.

Tout à coup, elle entendit la porte principale s'ouvrir.

— Entre, je suis là ! cria-t-elle en commençant à s'essuyer le buste avec ses mouchoirs.

Quelques instants plus tard, elle sentit la présence d'Angie dans la pièce.

— Je n'en ai pas pour longtemps, déclara-t-elle en continuant à se tamponner les seins.

— Dommage, répondit une voix masculine.

Iona se figea. Ce n'était pas Angie.

La voix était grave, on y décelait un léger accent étranger ainsi qu'un mépris absolu qui la glaça.

Et surtout, cette voix lui était familière, si familière qu'elle n'avait jamais cessé de hanter ses rêves. Se pouvait-il que… ?

Frappée de stupeur, elle releva la tête et croisa dans la glace le regard de braise de celui qui venait d'entrer, un regard d'une intensité exceptionnelle qui n'avait d'égale que son arrogance.

Cet homme à la beauté sculpturale aurait pu être le héros d'une épopée grecque, ou plutôt d'une légende tahitienne, puisque c'est là qu'elle l'avait rencontré.

Sa gorge se noua.

— Luke ? articula-t-elle avec difficulté.

— Lui-même. Mais qu'est-ce que tu fais ici ? lança Lukas Michelakis d'un ton cassant qui acheva de la déstabiliser.

Iona se rappela tout à coup qu'elle était à moitié nue et se sentit rougir. Elle saisit à la hâte sa blouse, qu'elle enroula autour d'elle, et n'eut pas le courage de ramasser son soutien-gorge tombé à terre.

— Je vérifiais que tout était en ordre dans l'appartement, balbutia-t-elle, plus morte que vive. Et toi, que fais-tu ici ?

— Je viens m'installer…

— Mais… tu ne devais pas arriver si tôt ! s'écria-t-elle, stupéfaite.

Il fronça les sourcils et l'observa longuement d'un regard qu'elle ne parvint à pas à analyser. Puis il se pencha, ramassa son soutien-gorge et le lui tendit.

— Merci, bredouilla-t-elle en saisissant le sous-vêtement.

Elle se redressa et tenta de rassembler tant bien que mal ce qui lui restait de dignité.

— Laisse-moi, s'il te plaît, murmura-t-elle.

Derrière ses longs cils épais, une lueur de défi brilla dans les yeux noirs de Luke, et Iona ne put retenir un frisson.

— Si tu y tiens, enchaîna-t-il d'un ton neutre, comme s'il n'avait rien perçu de son trouble.

Elle se détourna, au supplice, mais les murs recouverts de miroirs ne lui offraient aucune protection contre le regard inquisiteur de Luke. Pendant quelques instants, elle eut l'impression qu'il allait rester pour la regarder se rhabiller.

— Laisse-moi ! répéta-t-elle plus fermement.

— A tes ordres, répondit-il avec le sourire menaçant d'un prédateur, avant de disparaître sans ajouter un mot.

A peine soulagée, Iona claqua la porte derrière lui et remit son soutien-gorge avec difficulté tant ses mains tremblaient. Puis elle prit une profonde inspiration pour tenter de reprendre son souffle.

Dès le premier instant, c'est l'effet qu'avait eu Lukas Michelakis sur elle, songea-t-elle : il lui coupait littéralement le souffle…

Charisme, magnétisme, séduction ? Comment définir ce qui le rendait si particulier ? En tout cas, c'est cette assurance en lui frisant l'arrogance qu'elle avait tout de suite remarquée quand il s'était avancé vers elle, sur le sable blanc de la plage tahitienne. Sans même la saluer, il lui avait ordonné de quitter les lieux, la plage étant privée.

Luke était ici, en Nouvelle-Zélande ! réalisa-t-elle, tout à coup. Le hasard faisait décidément mal les choses : à croire que cet appartement était maudit…

Elle venait juste de renfiler sa blouse quand la sonnerie retentit de nouveau. Cette fois, ce ne pouvait être qu'Angie.

Elle se précipita pour ouvrir la porte et se retrouva nez à nez avec une jeune femme rondelette chargée d'un gros paquet.

— Je vous apporte les draps, bredouilla-t-elle, impressionnée par ce qu'elle voyait derrière Iona.

Iona se retourna : en effet, plus mâle et dominateur que jamais, et très séduisant dans son élégant costume gris à la coupe parfaite, Luke s'avançait vers elles.

— Je vais vous montrer les lits à faire, enchaîna aussitôt Iona, mal à l'aise.

Joignant le geste à la parole, elle entraîna la jeune femme vers les trois chambres, situées au bout du couloir.

— Qui est-ce ? chuchota la femme de chambre dès qu'elles furent seules.

— Un invité du propriétaire, répondit Iona d'un ton sec.

— Je l'invite chez moi quand il veut ! rétorqua la jeune femme avec un petit rire de gorge.

Iona poussa un soupir désabusé et regagna le salon sans le moindre enthousiasme. L'idée de se retrouver en tête à tête avec Luke l'angoissait. En effet, il l'attendait, planté au milieu de la pièce.

— J'ai à te parler, déclara-t-il d'un air sévère. Suis-moi.

Iona résista à l'envie de lui rétorquer qu'elle n'avait pas d'ordres à recevoir de lui, mais se contint. Le heurter ne servait à rien.

Elle se força à soutenir son regard mais le regretta aussitôt, car une vague de chaleur l'envahit soudain, la laissant les jambes tremblantes, en plein désarroi. Il n'avait rien perdu de son pouvoir sur elle, conclut-elle avec inquiétude.

Elle prit son ton le plus professionnel pour expliquer :

— Je suis désolée que les chambres ne soient pas encore prêtes, mais les draps ont été égarés à la teinturerie. Nous venons juste de les récupérer.

Luke haussa les épaules pour bien lui signifier que tout cela était le cadet de ses soucis.

— Tu as encore une trace sur le cou, fit-il observer, pragmatique. Tu devrais aller finir de te nettoyer, je t'attends sur la terrasse. Je peux te prêter une chemise si tu le souhaites, ajouta-t-il d'un ton appuyé.

Un jour, à Tahiti, il avait enlevé sa chemise pour la protéger du soleil et ce geste avait déclenché un épisode érotique d'une rare intensité dont elle gardait un souvenir beaucoup trop précis, songea Iona, le cœur battant.

A cet instant, elle croisa son regard narquois et comprit, affolée, qu'il s'en souvenait aussi bien qu'elle…

— Non, merci, dit-elle avant de se réfugier dans la salle de bains.

Elle ferma la porte à clé, appuya le dos contre le battant et se mordit la lèvre inférieure presque jusqu'au sang pour tenter de se ressaisir.

Arrogant ? s'interrogea-t-elle en se dirigeant vers le lavabo. Le mot était beaucoup trop faible pour décrire Luke ! Cynique, dominateur, intimidant, voilà des termes qui convenaient bien mieux…

Mais au fond d'elle-même elle savait que, pour elle, il était surtout incroyablement sexy, dangereusement attirant, et tout simplement irrésistible.

C'était d'ailleurs ce qui l'avait poussée à prendre la décision la plus folle de toute son existence, sur cette plage déserte et écrasée de soleil de Tahiti. Dès qu'elle avait vu Lukas Michelakis venir vers elle, elle avait deviné qu'il était ce dont elle avait besoin : un homme doué d'un exceptionnel charisme qui seul pourrait la tirer du marasme émotionnel dans lequel elle était enlisée.

En effet, dans un intervalle de quelques mois, elle venait de perdre son fiancé dans des circonstances tragiques, puis ses parents dans un accident de voiture.

D'instinct, elle avait su que cet homme à l'insolente virilité saurait exactement quoi faire pour la ramener à la vie. Il la transporterait au septième ciel et, dans ses bras, elle reprendrait goût à l'existence.

Elle avait tenté de se rassurer en se persuadant qu'un

séducteur tel que lui, sans doute habitué à collectionner les conquêtes, ne chercherait pas avec elle une relation durable, et c'est ce qu'elle souhaitait. Elle voulait une courte aventure qui lui servirait en quelque sorte de thérapie, rien de plus.

Mais elle s'était en partie trompée… Car, non content de lui faire découvrir un monde de sensualité dont elle n'aurait jamais pu imaginer la richesse, Luke avait transformé ce qu'elle croyait devoir être une banale liaison de vacances en une expérience qui avait bouleversé son existence. Avec lui, elle s'était découverte femme…

La culpabilité n'avait pas tardé à suivre : Gavin était mort pour la sauver, et sa disparition l'avait plongée dans une profonde dépression. Or, alors qu'elle se croyait inconsolable, Luke avait pris possession non seulement de son corps, mais aussi de son âme, et cela en quelques jours ! Comme si Gavin n'avait jamais existé !

Rongée par la honte, elle avait fui Tahiti, décidée à bannir de sa mémoire tous les souvenirs de Luke. Sans succès, hélas…

Et voilà que, par le plus cruel des hasards, elle le retrouvait chez elle, en Nouvelle-Zélande !

L'idée qu'une fois sortie de cet appartement elle ne le verrait plus ne suffit pas à l'apaiser. Car cette réapparition si inattendue avait rallumé en elle une flamme qu'elle croyait depuis longtemps éteinte.

Iona se redressa et tenta de se redonner une contenance en tirant sur sa blouse, mais jamais elle ne s'était sentie aussi déstabilisée. Pourtant, elle ne pouvait pas se cacher indéfiniment dans la salle de bains…

Elle sortit donc à contrecœur. Le hall était vide mais, dès qu'il entendit ses pas, Luke vint à sa rencontre.

*
* *

Il remarqua la lumière qui jouait dans ses cheveux blonds cendrés, la finesse de sa silhouette gracile, l'éclat mystérieux de ses magnifiques yeux bleu-vert, la courbe sensuelle de ses lèvres. Il n'avait rien oublié d'elle : ni la générosité sauvage avec laquelle elle s'était donnée à lui, ni le sentiment de trahison qui l'avait submergé quand elle s'était enfuie. Partagé entre la volonté de rester maître de lui et la conviction intime que ce qu'il avait connu avec Iona était beaucoup plus intense et précieux qu'une simple aventure sous les tropiques, il avait vécu des moments difficiles.

Pour la première fois, Luke s'avoua à lui-même que, s'il était venu en Nouvelle-Zélande, ce n'était pas seulement pour affaires, mais aussi avec l'espoir secret de reprendre contact avec elle. Juste pour s'assurer qu'elle allait bien…

La retrouver quelques heures seulement après son atterrissage était une très bonne surprise : le hasard jouait en sa faveur…

S'il s'était inquiété pour elle, il pouvait être rassuré : elle était plus ravissante que jamais et semblait en pleine forme, même si elle n'avait pas l'air ravie de le voir…

Cependant, à en juger par ses rougeurs et ses balbutiements, elle était toujours sensible à son charme, ce qui n'était pas pour lui déplaire, bien sûr.

— Allons sur la terrasse. Je préférerais que la jeune fille qui s'occupe du linge ne nous entende pas, déclara-t-il d'un ton qui n'admettait pas de réplique.

Encore une fois, il lui dictait sa conduite, songea Iona. Mais, décidée à gérer la situation avec calme, elle dissimula son agacement.

— Pas de problème, répondit-t-elle, docile.

En le suivant à l'extérieur, Iona ne put s'empêcher d'admirer son pas souple et déterminé à la fois, l'aura de force brute et de grâce féline qui se dégageait de toute sa personne. Où qu'il aille, il ne passait jamais inaperçu, pensa-t-elle.

Sur la terrasse protégée des bruits de la ville par une végétation luxuriante, Luke se tourna vers elle.

— Qu'est-ce que tu fais ici ? demanda-t-il de but en blanc.

— Je vérifie que l'appartement est prêt à te recevoir, répondit-elle avec calme. C'est mon métier.

— Alors ton employeur devrait mieux te surveiller, indiqua-t-il d'un ton sec. Tu avais oublié de mettre le verrou sur la porte, n'importe qui aurait pu entrer…

S'il voulait la faire sortir de ses gonds, il en serait pour ses frais, songea-t-elle.

— La sécurité est maximale ici, répondit-elle sans perdre son calme. La sonnerie se déclenche quand quelqu'un prend l'ascenseur : quand tu es arrivé, j'ai cru que c'était mon employeur, Angie Makepeace, que j'attendais à cette heure-là.

— C'est donc elle l'employée de mon ami, le propriétaire de l'appartement ? demanda-t-il avec condescendance.

Pourquoi cet air hautain ? s'interrogea Iona. Pour lui montrer à quel point leurs univers étaient différents, lui évoluant dans les hautes sphères, elle travaillant pour ses amis privilégiés ? Où pour se venger de la façon dont elle l'avait quitté à Tahiti ? Il ne devait pas être habitué à être traité ainsi par les femmes.

Pourtant, à l'époque, il ne lui avait pas paru capable de ce genre de mesquinerie…

— En effet, précisa-t-elle. Angie possède une société qui gère toutes sortes de choses pour les gens qui n'ont pas le temps de s'en occuper eux-mêmes.

— En d'autres termes, une société de services à la personne, coupa Luke.

— C'est ça, concéda Iona. Ton ami nous a chargées de remettre l'appartement en ordre avant l'arrivée de ses invités. Mais tu es en avance, et certains détails doivent encore être réglés.

A sa grande surprise, Luke éclata de rire, et elle retrouva tout à coup l'homme charmant et plein de vie qu'elle avait connu à Tahiti, celui dont elle était tombée amoureuse — ou plutôt, corrigea-t-elle aussitôt, qui l'avait séduite…

— Je tenais à arriver tôt. Mes amis, eux, seront là à l'heure prévue.

Iona savait qu'il y aurait au moins deux invités. De qui s'agissait-il ? Y aurait-il une femme parmi eux ? Si oui, partagerait-elle le lit de Luke ? se demanda-t-elle avec un brusque pincement au cœur. Elle réalisa tout à coup qu'elle réagissait comme si elle se sentait trahie, ce qui lui sembla ridicule. Luke ne lui devait rien, surtout après la façon peu élégante dont elle l'avait quitté.

— Si tu n'y vois pas d'inconvénient, reprit-elle à la hâte, je vais aller aider la femme de chambre à faire les lits pour que tu puisses disposer le plus vite possible de l'appartement.

— C'est inutile, fit-il observer en dévisageant Iona avec un sourire qui creusa une fossette sur son menton bien dessiné. Je ne suis pas pressé de te voir partir. Raconte-moi plutôt ce que tu es devenue depuis que tu as quitté Tahiti…

Il lui parlait d'un ton parfaitement détaché, comme si leur relation torride n'avait jamais existé, s'étonna Iona. C'était le genre de conversation qu'on pouvait avoir entre ex-amants quand on était adulte et civilisé, tenta-t-elle de se convaincre : il n'y avait pas de raison pour qu'elle n'y arrive pas, elle aussi…

— Tout va bien, merci, répondit-elle avec naturel.

— Tu n'es pas retournée vers l'enseignement ?

— Non, on m'a proposé ce job et j'ai accepté.

Elle aurait bien voulu avoir l'air aussi détendu que lui, mais elle en était incapable. A part Gavin, il était le seul homme avec lequel elle avait fait l'amour, et le souvenir de leurs étreintes passionnées était resté si vif dans sa mémoire que certains détails la faisaient encore rougir quand elle y pensait. Ce qui lui arrivait d'ailleurs bien trop souvent ...

Le simple fait de regarder ses mains fortes et élégantes à la fois lui rappelait ses caresses follement érotiques, son expertise, son audace...

— Tu aimes ce que tu fais ? interrogea-t-il, l'interrompant dans ses pensées.

— Beaucoup, répondit-elle d'un ton posé.

Luke sentit l'énervement le gagner. Il n'aimait pas que ses maîtresses s'attachent inconsidérément à lui, mais là, c'était trop ! Il avait l'impression de l'importuner par ses questions pourtant anodines !

Alors qu'il aurait dû se féliciter de cette distance qui existait désormais entre eux, il fut bien obligé d'admettre que face à elle il n'avait qu'une envie : effleurer de l'index la courbe de ses lèvres charnues, regarder le désir s'allumer dans son regard limpide et la sentir s'alanguir entre ses bras.

Juste pour lui prouver qu'il ne lui était pas aussi indifférent qu'elle voulait bien le prétendre...

Fort heureusement, la sonnette tinta, l'empêchant de céder à la tentation.

— Ce doit être Angie, dit Iona. Je vais lui ouvrir.

— Je viens avec toi, décréta Luke avec autorité.

Si Angela parut surprise de le voir, elle n'en laissa rien paraître. Dans son métier, elle avait appris à ne jamais montrer ses émotions.

— Angela Makepeace, déclara-t-elle en tendant la main à Luke. Bonjour ! Vous devez être un des invités ?

— En effet. Lukas Michelakis.

— Je suis désolée si tout n'est pas encore prêt, nous vous attendions un peu plus tard. Je vois que vous avez déjà fait la connaissance de Iona, mon assistante.

— Il se trouve que nous nous étions déjà rencontrés...

Angie resta un moment interdite, puis son regard alla de Lukas à Iona comme si elle n'arrivait pas à croire à ce qu'elle venait d'entendre.

— Quelle coïncidence ! s'exclama-t-elle enfin.

— N'est-ce pas ? acquiesça Luke.

Agacée que personne ne lui prête attention, Iona lâcha d'un ton brusque :

— Je vais m'assurer que les lits sont faits. Je reviens dans quelques instants.

Avant de quitter la pièce, elle entendit Luke demander à Angie s'il pouvait s'entretenir avec elle en particulier, ce que cette dernière accepta.

Qu'avait-il à lui dire de confidentiel ?

Décidément, tout était déstabilisant avec lui, à commencer par la tension qu'elle sentait entre eux dès que leurs regards se croisaient. Sa seule présence lui faisait tourner la tête, annihilant en elle toute capacité à raisonner de façon sensée.

Les lits étaient faits, l'employée mettait la dernière main à la suite parentale. Par acquit de conscience, Iona alla vérifier la salle de bains : tout était parfait.

Quand elle sortit de la pièce, Angie arrivait.

— Il est au téléphone, murmura-t-elle, et les choses s'annoncent très bien pour nous. Il pourrait nous demander de travailler pour lui pendant toute la durée de son séjour. Mais… ta blouse est mouillée !

— J'ai eu un petit problème, expliqua Iona. J'espère que tu en as une autre dans ta voiture pour que je puisse me changer.

— Oui, confirma-t-elle en lui tendant les clés. Ton Lukas m'a parlé de ton petit accident, il s'inquiétait pour toi ! ajouta-t-elle avec un petit sourire entendu.

— Ce n'est pas mon Lukas ! protesta Iona avec vigueur.

— Oh ! ne prends pas la mouche, je plaisantais ! rétorqua Angie, amusée. Va chercher la blouse, et reviens te changer ici. De toute façon, je ne bouge pas. J'ai encore quelques détails à régler avec lui.

Quand Iona réapparut, quelques minutes plus tard, sa blouse à la main, elle les entendit discuter tous les deux dans le salon. Sans doute de ce nouveau contrat…

Elle se glissa dans la salle de bains d'invités et enfila avec plaisir la blouse fraîchement repassée. Puis, avant de quitter la pièce, elle se pencha au-dessus des roses et inspira pour se pénétrer de leur délicieux parfum poivré.

Elle était sur le pas de la porte quand Luke la rejoignit.

— Tu dois te sentir mieux, non ?

— Beaucoup mieux, en effet, murmura-t-elle, dissimulant son trouble.

Il la fixa de nouveau avec une telle intensité qu'elle eut le sentiment qu'il essayait de lire dans ses pensées, de pénétrer ses émotions.

— Angela est-elle ta sœur ? demanda-t-il tout à coup. Vous avez le même visage en cœur, la même bouche. Et surtout, le même teint diaphane…

Un sourire indéfinissable se dessina sur ses lèvres sensuelles, puis son regard se fit plus pressant encore.

— Je n'ai jamais oublié la douceur de ta peau, ajouta-t-il dans un souffle.

Iona sentit son cœur se mettre à battre la chamade au souvenir de leurs corps enlacés, de cet ouragan de sensations qui déferlait en elle quand il la serrait dans ses bras.

Une boule se forma dans sa gorge, et elle crut qu'elle ne parviendrait pas à lui répondre.

— Nous sommes cousines, articula-t-elle avec peine.

2.

— D'où le connais-tu ? demanda Angie dans l'ascenseur. Et pourquoi ne m'en avais-tu jamais parlé ?

Même si elle s'attendait à ces questions, Iona hésita à répondre.

— Nous nous sommes rencontrés à Tahiti, après la mort de Gavin, expliqua-t-elle enfin. Je marchais sur une plage, et…

— J'imagine que tu étais encore pétrie de remords et de culpabilité, interrompit Angie d'un air soucieux. Pourtant, tu n'es pour rien dans sa disparition tragique, Iona, tout le monde le sait sauf toi ! Il était cardiaque, ce qu'il ignorait, il a essayé de te secourir et il s'est noyé. C'est la fatalité, Iona. Il serait mort soudainement un jour ou l'autre…

— Quand je réfléchis, je sais que tu as raison, balbutia Iona. Mais je n'arrive pas à m'en convaincre.

Une fois dans la voiture, Angie se tourna vers Iona avant de démarrer.

— Je comprends ta difficulté, Iona, assura-t-elle d'un ton grave. Avec la mort de tes parents quelques mois plus tard, tu as subi deux terribles traumatismes. J'admire le courage avec lequel tu as lutté pour ne pas sombrer… Et donc tu l'as rencontré à Tahiti ? ajouta-t-elle d'un ton plus léger.

— Oui. Sans le savoir, j'étais sur une plage privée. Il

est arrivé vers moi comme s'il était le roi de l'île, pour m'intimer l'ordre de décamper.

— Et après ? Vous n'en êtes pas restés là, j'imagine ? demanda-t-elle en s'engageant sur l'autoroute.

— Non, en effet. On s'est revus quelques fois, et puis je suis rentrée.

— Et vous n'avez pas eu de contact jusqu'à aujourd'hui ?

— Non, pourquoi en aurions-nous eu ? rétorqua Iona, volontairement évasive.

Angie n'insista pas.

— J'ai lu un article sur sa famille, déclara-t-elle. Des gens richissimes.

— Je crois, en effet. On a l'impression en rencontrant Luke que le monde lui appartient, comme souvent dans ces milieux très privilégiés.

— Si je me souviens bien, l'article évoquait une tragédie dans sa jeunesse. J'ai oublié les détails, mais j'ai retenu qu'il avait été contraint de quitter sa famille et de se débrouiller seul.

— J'imagine qu'il y avait quand même papa et maman pour l'aider, enchaîna Iona d'un ton cynique.

— Il n'en a pas eu besoin longtemps, en tout cas. En quelques années, il est devenu une des figures de proue d'internet, à la tête d'un véritable empire. S'il fait effectivement appel à nous, ça te gênerait de travailler pour lui ? ajouta-t-elle, sautant du coq à l'âne.

Iona blêmit.

— Moi ?

— Oui ! Pourquoi, ça te pose un problème ?

— Non, rétorqua-t-elle, gênée. Disons qu'il m'a surprise à moitié nue dans la salle de bains, et que ça m'a mise mal à l'aise. J'espère qu'il ne s'est pas imaginé que je l'avais fait exprès… Mais ça ira, ajouta-t-elle devant l'air surpris d'Angie. Dès que tu es arrivée, l'atmosphère s'est détendue. Je m'en sortirai très bien !

*
* *

Si Angie parut rassurée, Iona, elle, ne l'était guère.

Comment imaginer un instant qu'elle pouvait être détendue face à Lukas, après la passion torride qu'ils avaient partagée ?

Certes, sa seule présence la bouleversait, mais elle pouvait aussi le trouver détestable par son arrogance et son autoritarisme, ce qui était d'ailleurs préférable : mieux valait être exaspérée par lui que séduite…

Le barbecue se prolongea plus tard que prévu, et c'est une Iona épuisée qui prit place dans la voiture pour rentrer vers Auckland.

— Si seulement Mme Parker pouvait cesser de donner des soirées improvisées ! Chaque fois, elle nous appelle la veille pour nous dire qu'elle va recevoir quelques intimes, et on se retrouve avec cinquante personnes à gérer ! s'exclama-t-elle d'un ton désabusé.

— N'oublie pas que nous la facturons en conséquence, fit observer Angie, et en ce moment nous ne pouvons pas nous permettre de refuser quoi que ce soit

Iona jeta un regard inquiet à sa cousine.

— Les affaires vont mal ? demanda-t-elle.

Angie réfléchit un instant.

— Avec la récession, nous avons perdu des clients, admit-elle. Mais, heureusement, ceux qui nous restent sont très réguliers… et très argentés. On s'en sortira ! A propos, s'il y a une urgence dans les deux prochains jours, tu peux t'en charger ? Les garçons vont à un anniversaire samedi, et ensuite j'ai prévu depuis longtemps de les emmener au zoo…

— Bien sûr. Donne-moi ton portable pro, je m'occupe de tout. Et, s'il y a quoi que ce soit, je t'appellerai sur ton portable personnel. Comme ça, tu profiteras vraiment de ton week-end.

Le visage d'Angie s'éclaira d'un large sourire.

— C'est trop gentil, Iona ! s'exclama-t-elle, soulagée.

Une fois dans son petit studio, Iona se coucha et s'endormit aussitôt. Mais son sommeil fut troublé par des rêves lancinants, tous hantés par un certain Lukas Michelakis.

Elle se réveilla tremblante, en proie à une fièvre intérieure dont elle connaissait parfaitement l'origine, et eut le plus grand mal à retrouver son calme.

C'est ainsi que tout avait commencé à Tahiti, songea-t-elle. Dès son arrivée sur cette île magnifique, elle avait été séduite par le charme des plages au sable blanc, de la végétation luxuriante, par la gentillesse de sa population. Mais la peine causée par ses deuils récents était encore si vive qu'elle n'avait pas le cœur à en profiter.

Et puis elle avait rencontré Luke, et tout avait changé…

Il l'avait dévisagée de ses yeux de braise, et des émotions qu'elle se croyait désormais incapable de ressentir avaient surgi, si puissantes qu'elle en avait été bouleversée au plus profond d'elle-même. L'avenir qui lui paraissait jusque-là sombre et sans issue s'était soudain éclairci, le monde avait repris ses couleurs, tout cela par la magie d'un seul regard, d'un seul être.

Pourquoi avait-il résolu de faire sa conquête ?

Quand, plus tard, elle lui avait posé la question, il avait éclaté de rire.

— Peut-être par esprit de contradiction, avait-il répondu. Tu étais si distante que j'avais envie d'allumer l'étincelle du désir dans tes beaux yeux aigue-marine…

— Et tu n'as pas été déçu ? avait-elle rétorqué en se serrant contre lui.

*
* *

— J'ai été comblé au-delà de toutes mes espérances. Tu es une femme exceptionnelle, Iona, avait-il conclu en l'attirant à lui pour l'embrasser.

Elle s'était abandonnée à son étreinte, bouleversée, et, de nouveau, ils avaient fait l'amour : ils avaient une telle soif l'un de l'autre que rien ne semblait pouvoir l'étancher.

Ils avaient vécu des moments d'une rare intensité, dans cette île enchanteresse que les premiers explorateurs européens avaient nommée île d'Aphrodite, sans savoir à quel point, quelques siècles plus tard, Lukas et Iona célébreraient ce nom…

Puis, une nuit, alors qu'ils gisaient tous les deux nus sur le grand lit, baignés par les rayons argentés de la lune, il l'avait serrée plus fort contre lui.

— Je pars dans trois jours, lui avait-il murmuré à l'oreille.

Il avait souri, avant d'effleurer de ses lèvres la rondeur d'un sein.

— Viens avec moi, avait-il ajouté.

Chaque mot était comme une caresse, et il ne doutait pas qu'elle accepterait. Mais pour Iona, soudain figée, la réalité avait brutalement repris ses droits.

— Je ne peux pas, avait-elle répondu après un silence, tout en luttant contre l'envie de lui dire oui.

— Et pourquoi ça ? avait demandé Luke, soudain sur la défensive.

— Parce que… c'était extraordinaire, mais nous avons toujours su toi et moi que ce n'était qu'une parenthèse.

— Pourquoi ne se prolongerait-elle pas ? avait-il insisté. Il va de soi que si tu viens avec moi, je prendrai soin de toi.

En plein désarroi, elle avait hésité un instant. Vivre aux côtés de Luke, ce n'était en effet qu'un rêve, mais pourquoi ne pas rêver encore un peu ? Elle pouvait être sa maîtresse quelque temps, aller jusqu'au bout de cette extraordinaire aventure sensuelle qui l'avait transformée et lui avait redonné le goût de vivre…

Mais un sursaut de lucidité l'avait tirée de ses fantasmes. Elle avait déjà assez souffert pour ne pas s'infliger une autre rupture douloureuse. Mieux valait couper court, tout de suite, avant de trop s'attacher à Luke.

— Non, je ne peux pas, avait-elle répété d'une voix étranglée.

Elle avait à peine entendu son petit rire, car déjà il se penchait vers elle et prenait sa bouche avec fougue, l'entraînant, docile et pantelante, dans un monde où seul comptait la recherche experte du plaisir partagé.

Quand elle s'était éveillée, quelque temps plus tard, lovée contre son épaule, il l'observait d'un regard intense.

— Tu n'imagines pas comme je me réjouis à l'idée de te faire changer d'avis, avait-il murmuré avec un sourire de prédateur sur ses lèvres sensuelles.

Elle n'avait rien répondu…

Le soir même, de retour à son hôtel, le souvenir de Gavin l'avait assaillie brutalement et elle n'avait pu retenir ses larmes.

Pourquoi pleurait-elle ? s'était-elle interrogée, en plein désarroi. Parce qu'elle ne reverrait jamais ce fiancé trop tôt disparu ? Ou plutôt parce qu'elle se sentait affreusement coupable de l'avoir si vite oublié dans les bras d'un autre, de devoir admettre qu'elle n'avait jamais ressenti avec Gavin le plaisir que lui donnait Luke ?

Peut-être valait-il mieux ne pas approfondir la question…

Et d'ailleurs, quelle qu'en soit la réponse, elle savait ce qu'elle avait à faire.

La mort dans l'âme, mais certaine qu'elle n'avait pas le choix, elle s'était embarquée sur le premier vol pour la Nouvelle-Zélande, sans prévenir Lukas.

Par bonheur, Angie, surchargée de travail, lui avait aussitôt proposé de la seconder. Iona s'était donneé corps et âme à son travail dans l'espoir d'oublier cette escapade tahitienne dont il lui semblait parfois qu'elle n'avait été qu'un fantasme.

Et voilà que, par un incroyable hasard, Luke resurgissait dans sa vie…

Pourvu qu'il n'y ait aucune urgence pendant les deux prochains jours, pensa-t-elle avant de s'endormir. Car, dans ce cas, c'est elle qui serait sollicitée. Or elle ne voulait pas — elle ne devait pas — revoir Luke…

Elle fut réveillée à l'aube par la sonnerie du téléphone. C'était bien sa veine, songea-t-elle en retenant un soupir.

— Allô ? En quoi puis-je vous aider ?

— C'est toi, Iona ? rétorqua Luke, étonné.

Il y eut un silence, puis, glacée, elle reconnut la voix de Luke.

— Oui, dut-elle admettre. Angie n'est pas disponible actuellement. Que se passe-t-il ?

— J'ai besoin de quelqu'un pour s'occuper d'une petite fille de trois ans. Toute la journée.

De surprise, Iona resta muette. Que faisait Luke avec une petite fille de trois ans ?

— Tu m'as entendu ? reprit Luke avec impatience.

— Oui, oui, bien sûr. Je vais t'organiser ça.

— Je veux quelqu'un d'irréprochable.

— Pas de problème.

— Dans une demi-heure, car je dois partir.

— Je serai là dans trois quarts d'heure, précisa Iona. Impossible de faire plus vite.

— C'est toi qui viendras ? s'exclama Luke avec surprise.

— J'ai une formation d'institutrice de maternelle, je suis de garde ce week-end, et de toute façon dans un délai si court je ne trouverai personne d'autre. Alors oui, ce sera moi, monsieur Michelakis, acheva-t-elle d'un ton exaspéré.

— Pourquoi ce formalisme ? Je te rappelle que nous nous connaissons bien, toi et moi…

— Donc, tu sais que je suis capable de m'occuper d'une petite fille de trois ans, rétorqua-t-elle d'un ton sec.

— Je ne vois pas le rapport. A Tahiti, nous avons eu une aventure, et je ne t'ai pas demandé ton curriculum vitæ…

Elle garda le silence, profondément blessée.

— Toujours est-il que je suis très exigeant en ce qui concerne Chloé, asséna-t-il d'un ton coupant.

— Qu'est-ce que tu imagines ? rétorqua-t-elle, piquée au vif. Que je vais la maltraiter ?

— Non, bien sûr, concéda-t-il de mauvaise grâce.

— Ah, quand même ! Sache que j'ai la formation nécessaire pour m'occuper d'un enfant de cet âge, plus un brevet de secouriste pour pratiquer les premiers soins. Veux-tu que je te montre mes diplômes ?

A l'autre bout du fil, il y eut un silence tendu.

— Ce ne sera pas nécessaire. Je vais t'envoyer un taxi, ce sera plus rapide.

— Très bien, dit Iona au prix d'un gros effort.

Pour l'entreprise, qui avait besoin de faire du chiffre, pour Angie, qui pourrait ainsi profiter de ses enfants tout un week-end, elle devait accepter. Mais revoir Luke lui coûtait plus que ce qu'elle aurait jamais imaginé…

Tout en rassemblant des livres et des jeux qu'elle avait conservés après avoir enseigné en maternelle, et qui, elle en était certaine, pourraient distraire la petite fille, Iona ne cessait de s'interroger.

Chloé était-elle la fille de Luke ?

Etait-il marié quand elle l'avait connu à Tahiti ? L'était-il toujours ? Dans ce cas, craignait-il qu'elle mette sa femme au courant de leur aventure ?

Quoi qu'il en soit, la mère de l'enfant était à l'évidence absente, puisqu'il fallait trouver quelqu'un pour la garder…

Elle n'eut même pas le temps d'avaler une tasse de café : le taxi arrivait.

A sa grande surprise, Luke l'attendait devant la porte, tel un lion guettant une antilope, se dit-elle en son for intérieur.

Il l'observa un moment, détaillant sa tenue : une simple paire de jeans, un T-shirt blanc, des sandales.

— Look pratique, fit-il observer en fronçant un sourcil. Mais pas très protocolaire…

— En Nouvelle-Zélande, nous sommes connus pour ne pas être très formalistes, expliqua-t-elle de son ton le plus professionnel.

— J'avais remarqué…

Elle saisit aussitôt l'allusion et un trouble diffus l'envahit. Il faisait référence à la façon dont elle s'était jetée dans ses bras si rapidement après avoir fait sa connaissance. Le souvenir de leur première nuit, torride, lui revint à la mémoire, et elle se sentit rougir. Comment osait-il la provoquer ainsi ? C'était aussi discourtois que déloyal !

— Quand dois-je prendre mon service ? demanda-t-elle d'un ton distant.

— Tout de suite, répondit-il en avançant la main.

Cédant à un réflexe incontrôlable, elle recula d'un pas comme si elle redoutait qu'il l'enlace, pour s'apercevoir, mortifiée, qu'il voulait juste lui prendre son sac.

— Tu n'as rien à craindre, assura-t-il avec une ironie amère.. Si tu as envie que je te touche de nouveau, il faudra me le demander…

Iona eut toutes les peines du monde à ne pas le remettre à sa place. Pour qui se prenait-il ? Pourquoi cette arrogance, cette volonté de la blesser ? Même si elle avait quitté Tahiti sans le prévenir, ils ne s'étaient rien promis, ni elle ni lui !

Leur histoire était un flirt de vacances, certes très poussé, mais rien de plus…

Il réagissait ainsi parce qu'il avait l'habitude d'être traité comme le prince qu'il pensait être. Riche et célèbre, il devait être courtisé par tous. Et pour tout arranger, comme il était beau comme un dieu, les femmes les plus somptueuses devaient être à ses pieds !

Eh bien, pas elle !

Elle jugea cependant le moment mal choisi pour lui asséner ses quatre vérités. Elle attendrait et, s'il recommençait à l'agresser, ne se priverait pas pour le renvoyer dans ses buts. Mais, dans l'immédiat, il fallait prendre en charge cette mystérieuse Chloé.

Elle tendit son sac à Luke avec un sourire crispé, et le suivit dans l'appartement.

L'espace d'un instant, Luke avait été tenté de demander à Iona pourquoi elle lui avait filé entre les doigts à Tahiti. Mais il s'était souvenu qu'elle était désormais à son service, et s'était abstenu : il n'avait jamais aimé mélanger les genres.

Par ailleurs, pourquoi s'étonner d'une telle attitude ? Pour son malheur, il avait appris très tôt que les femmes n'étaient pas fiables, et que certaines étaient même expertes dans l'art de la duplicité. Il ne fallait jamais leur faire confiance…

Quand il avait vingt ans, sa belle-mère avait réussi à le brouiller avec son père en convainquant celui-ci qu'il avait essayé de la séduire, et il avait été exclu de la famille. Aristo Michelakis l'avait banni, persuadé qu'il était un bon à rien, incapable de se débrouiller seul.

Douze ans plus tard, Lukas avait pris sa revanche et montré à son père qu'il n'avait pas eu besoin de lui pour réussir. Décidé à prouver qu'il n'était pas l'être vil pour lequel on le faisait passer, il avait travaillé avec acharnement, créé son entreprise, et se trouvait à présent à la tête d'un véritable empire.

Bien entendu, dans la foulée, les plus belles femmes s'étaient offertes à lui, séduites autant par le play-boy au physique d'Apollon que par l'entrepreneur richissime. Il avait eu des liaisons plus ou moins longues, mais régies par une seule règle : ne pas s'attacher, ne pas s'engager. Et, jusque-là, cela avait parfaitement fonctionné.

Et puis Chloé était née, elle aussi rejetée par la famille, et elle avait apporté une nouvelle dimension à sa vie. Mais son opinion sur les femmes était restée la même.

Alors pourquoi Iona avait-elle fait une telle impression sur lui ?

Parce qu'elle était… différente.

Il posa le sac sur un canapé et la regarda. Il éprouva soudain le désir irrésistible de dessiner de l'index la courbe douce de ses lèvres charnues, mais se contint. Comment réagirait-elle s'il l'embrassait, comme il en mourait d'envie ? Il sentit un frisson le parcourir au souvenir de leurs baisers profonds, et tenta de recouvrer son sang-froid.

Elle n'avait pas une beauté classique, mais il avait vécu avec elle des instants d'une sensualité et d'un érotisme qu'il n'avait jamais connus auparavant. Il avait beaucoup apprécié leur petite aventure, peut-être un peu trop. Et il devait admettre que son départ brutal l'avait contrarié. En fait, elle lui avait manqué…

Mais le sentiment de trahison qu'il avait ressenti en s'apercevant qu'elle était partie était tout à fait exagéré, voire stupide.

Chloé arriva sur ces entrefaites, le tirant de ses désagréables réflexions, et, intimidée, resta un moment sur le pas de la porte.

Elle était le portrait de Luke, pensa Iona avec un pincement au cœur. Les mêmes cheveux bruns épais, la même bouche bien dessinée, le même front haut… Elle était forcément sa fille.

— Je m'appelle Iona, dit-elle avec douceur. C'est moi

qui vais m'occuper de toi aujourd'hui pendant que ton papa va à sa réunion.

— Il va toujours à des réunions, murmura la petite fille.

— Il travaille beaucoup, mais toi et moi on va bien s'amuser, tu vas voir.

— Tu es là parce que Neelie est partie ? demanda Chloé.

Neelie… Sa mère ? Sa nounou ? s'interrogea Iona.

— Seulement pour aujourd'hui, précisa Luke d'un ton rassurant.

— Je t'ai apporté des livres et des jeux, dit Iona. Tu aimes les puzzles ?

La petite fille fit oui de la tête d'un air grave.

— Va montrer ton cheval à Iona, suggéra alors Luke.

Prenant Iona par la main, la fillette l'entraîna dans sa chambre où trônait un magnifique cheval à bascule en cuir, complet, avec selle et harnachement.

— Il s'appelle Pégase, annonça-t-elle avec solennité.

— Il est magnifique, lança Iona. Est-ce qu'il vole comme le Pégase de la légende ?

Chloé sourit, et une adorable fossette se creusa sur son menton. Elle était vraiment à croquer, songea Iona, conquise.

— Presque, dit-elle. C'était le cheval de Luke quand il était petit.

Iona ne releva pas, mais le fait que Chloé appelle son père par son prénom lui semblait étrange. Et où était sa mère ? se demanda-t-elle pour la dixième fois depuis son arrivée. Etait-elle divorcée, décédée ? Avait-elle abandonné sa fille ?

— Il est très sage, ajouta Chloé en lui caressant le museau.

Comme Luke, elle parlait un anglais parfait, mais sans aucun accent, alors que Luke avait gardé une pointe d'accent grec qui ajoutait encore à son charme exotique.

Parfois, quand ils faisaient l'amour, il se mettait à parler en grec et…

Elle interrompit brusquement ses pensées. Quelle idée de se laisser aller à ce genre de pensées, alors qu'elle était en présence de sa fille ! Elle devenait folle…

— Tu montes parfois sur Pégase ? demanda Iona. Montre-moi !

La petite fille s'exécuta et se mit à se balancer avec un enthousiasme qui fit sourire Iona.

— Elle semble réservée au départ, mais ça ne dure pas, fit observer Luke depuis le pas de la porte.

Iona se retourna. Les bras croisés sur sa poitrine, il les observait d'un regard étrange. Il s'était changé, et portait à présent un costume trois pièces taillé sur mesure qui mettait en valeur sa silhouette élancée, élégante et virile à la fois. Elle détourna le regard, troublée, puis se reprit et s'approcha de lui.

— As-tu des informations à me donner sur Chloé avant de partir ? demanda-t-elle hors de portée de voix de la petite fille. A propos de sa mère, par exemple. J'imagine qu'elle n'est pas là, peut-être Chloé va-t-elle la réclamer ?

— Elle ne la réclamera pas, répondit-il, lapidaire.

Visiblement, il ne souhaitait pas aborder ce sujet, conclut Iona, perplexe. Le mystère restait entier.

— Dans l'immédiat, je n'ai donc rien à savoir de particulier ?

Luke acquiesça d'un signe de tête distrait, mais ses pensées étaient ailleurs.

Il se remémorait sa première rencontre avec Iona, et cette fascination immédiate qu'il avait eue pour la couleur changeante de ses grands yeux en amande. Selon ce qu'elle ressentait, les vêtements qu'elle portait, ils pouvaient être verts, ou bleus, ou même presque gris. A cet instant, ils avaient un éclat presque minéral, car il l'avait piquée au vif, alors que la veille, quand il l'avait surprise à moitié nue dans le miroir, leur bleu était si intense qu'il lui avait rappelé le lagon de Tahiti.

Pourquoi s'était-elle évanouie si brusquement, à Tahiti ? se demanda-t-il. Parce qu'elle s'était offusquée de son invitation à le suivre ?

Pourtant, elle devait bien savoir qu'à ce stade de leur relation il ne pouvait rien lui proposer de plus sérieux. Il aurait aimé pouvoir aller plus loin, voir si leur merveilleuse alchimie se prolongeait en dehors du lit, mais elle ne leur en avait pas laissé le loisir. En réalité, elle n'avait même pas eu envie d'essayer.

Il retint un soupir désabusé et se força à se concentrer sur le présent.

Il n'avait aucune envie de discuter avec Iona de ses secrets de famille, dont une certaine presse se faisait déjà suffisamment l'écho. Il avait réussi jusque-là à préserver Chloé du déchaînement médiatique, et il tenait à ce que cela perdure.

D'une part, les circonstances de sa naissance et le fait qu'il l'ait adoptée ne regardaient personne, et par ailleurs il ne connaissait pas suffisamment Iona pour la mettre au courant.

Enfin, il savait que son père, Aristo, avait l'intention de contester son adoption et d'exiger la garde de cet enfant aussi tardif qu'illégitime qu'il n'avait jamais voulu reconnaître…

Ce n'était pas le moment de laisser filtrer des informations à tort et à travers…

3.

Pourtant, Iona n'avait pas tort, se dit-il, poursuivant sa réflexion : pour le bien de Chloé, il était préférable de lui donner un minimum d'explications. D'ailleurs, il n'avait rien à craindre. La veille, il avait eu le temps de demander à ses agents de sécurité de mener une petite enquête de moralité sur Iona et Angie, dont la conclusion était tout à fait rassurante.

Il jeta un coup d'œil attendri à la petite fille, qui se balançait avec entrain en faisant voleter ses boucles brunes, et se tourna vers Iona.

— La mère de Chloé n'a jamais fait partie de sa vie, expliqua-t-il en baissant le ton.

Il ne jugea pas utile de lui préciser qu'elle n'avait même pas choisi son prénom : c'est lui qui s'en était chargé, lui donnant celui de sa grand-mère maternelle.

Il s'efforça de ne pas se laisser absorber par la contemplation du visage aux lignes pures de Iona, de son teint si lumineux… Ce n'était vraiment pas le moment !

— Je me suis toujours occupé d'elle, avec l'aide de Neelie, sa nounou, reprit-il. Mais Neelie vient de repartir pour l'Angleterre s'occuper de sa mère malade. J'ai expliqué à Chloé qu'elle serait bientôt de retour, mais je ne suis pas sûr qu'elle ait bien compris. Si elle te pose des questions, tu pourras la rassurer. Et bien sûr, en cas de problème majeur, je te laisse mon numéro de portable.

— Je ne devrais pas en avoir besoin, dit-elle. En général, j'essaie de me débrouiller toute seule…

Il ne l'écoutait que d'une oreille, car malgré lui ses pensées le ramenaient vers Tahiti, à ces moments d'extraordinaire intimité physique qu'ils avaient partagés, comme s'ils étaient destinés de tout temps à se rencontrer et à se donner mutuellement du plaisir.

Voilà plusieurs mois qu'il était chaste : c'est sans doute pourquoi, en présence de Iona, il n'arrivait pas à chasser certaines images troublantes de son esprit…

Mais était-ce bien raisonnable de s'engager dans une histoire avec cette femme qui lui avait filé entre les doigts et l'avait empêché de dormir plusieurs nuits d'affilée ?

Certainement pas.

— A quelle heure comptes-tu rentrer ? demanda Iona.

— En fin d'après-midi. Si ma réunion devait se prolonger, je te ferais prévenir par mon assistante. Tu as un engagement ce soir ?

Elle croisa son regard inquisiteur et se demanda ce qui se cachait derrière cette question.

— Non, répondit-elle.

— Bien, fit-il, énigmatique.

Il se tourna vers la fillette.

— Chloé, je m'en vais ! Viens me dire au revoir !

L'enfant sauta aussitôt à bas du cheval et se jeta dans ses bras. Luke la serra longuement contre lui en lui murmurant à l'oreille quelques mots en grec qui évoquèrent à Iona le souvenir ô combien précis d'autres étreintes…

La tête sur l'épaule de Luke, Chloé se laissa bercer, son petit bras passé autour de son cou.

Quelle connivence entre le père et la fille ! songea Iona, émue. Et quelle tendresse chez Luke !

Enfin, il posa Chloé à terre et se redressa.

— Tu seras sage avec Iona, n'est-ce pas ?

Elle hocha la tête docilement.

— Très bien. Je compte sur toi, ma chérie. J'ai demandé qu'on vous apporte un petit en-cas à 10 heures, pour vous faire patienter avant le déjeuner, précisa-t-il à l'attention de Iona. Chloé fait encore la sieste, et elle prend un jus de fruit à son réveil.

— Est-ce que Iona pourra m'emmener à la piscine ? demanda Chloé.

— Non, chérie, car elle n'a pas de maillot de bain.

Devant la mine déconfite de Chloé, Iona intervint.

— Si, j'en ai apporté un, car je savais qu'il y avait une piscine. Apparemment, j'ai eu raison.

Elle sentit le regard de Luke peser sur elle. Pensait-il, comme elle, aux longs bains de mer qu'ils prenaient ensemble dans le plus simple appareil, sur cette plage privée où les maillots étaient inutiles, et qui, toujours, finissaient par une étreinte torride ? Il détourna les yeux et elle resta sur sa faim.

— En effet, murmura-t-il enfin d'une voix sourde. Mais tu sors de l'eau dès que Iona te le demande, n'est-ce pas, Chloé ? Tu sais que, quand tu restes trop longtemps, tes lèvres deviennent bleues et tu attrapes froid.

— Promis ! Je serai sage comme une image !

La matinée se déroula sans encombre. Comme tous les enfants, Chloé parlait très librement de ce qui la touchait, et évoqua beaucoup son papa. Un père aimant mais ferme, comprit Iona, pour lequel la petite fille avait une immense affection et beaucoup de respect. Neelie devait être une charmante nounou, conclut-elle en entendant la petite fille lui raconter quelques anecdotes : elle lui racontait des histoires, faisait des gâteaux avec elle, l'emmenait au zoo ou au parc.

Pas un mot sur sa mère, ce qui accentua la perplexité de Iona. Qui était cette femme ? Pourquoi délaissait-elle son enfant ? Combien de temps était-elle restée dans la vie de Luke ?

Elle n'aurait sans doute jamais la réponse à toutes ces questions, et de toute façon cela ne la regardait pas, conclut-elle en couchant la fillette pour sa sieste.

Après lui avoir déposé un léger baiser sur le front, Iona attendit quelques instants qu'elle s'endorme, puis quitta discrètement la pièce. Elle avait apporté un roman et décida de s'accorder une demi-heure de tranquillité sur la terrasse. Mais, incapable de se concentrer sur sa lecture, elle finit par quitter la chaise longue pour aller s'accouder à la rambarde.

La vue sur la mer était saisissante.

Après la mort atroce de Gavin, qui s'était noyé sous ses yeux après l'avoir sauvée, elle avait pendant longtemps été incapable de revenir sur une plage. C'est précisément parce qu'à Tahiti il était impossible d'éviter la mer qu'elle avait choisi cette destination. Sa guérison passait par là, elle le savait.

Et cela avait fonctionné, en effet, mais pas comme elle l'avait prévu. Bien plus que la confrontation avec la mer, c'est l'électrochoc provoqué par sa rencontre avec Luke qui l'avait tirée de sa dépression larvée. Il l'avait entraînée dans un merveilleux voyage initiatique qui lui avait fait découvrir la violence de la passion physique, qu'elle n'avait jamais connue avec Gavin. Et elle s'était livrée corps et âme à ce bel inconnu…

Gagnée par une soudaine nervosité, elle s'efforça de se calmer en contemplant le véritable jardin suspendu qui avait été aménagé sur la terrasse et avait dû coûter une fortune, à en juger par la taille des arbres et la somptuosité des massifs de fleurs.

Elle se pencha pour humer le délicieux parfum d'un gardénia en se disant encore une fois que les très riches savaient vivre…

Luke évoluait dans un monde qui n'était pas le sien. Ni celui d'Angie, d'ailleurs, se dit-elle en songeant tout à coup à sa cousine, qui gérait une petite entreprise fragilisée comme tant d'autres par la crise, avait deux garçons adorables mais épuisants, et, pour couronner le tout, payait les dettes que lui avait laissées son ex-mari avant de prendre la poudre d'escampette et de quitter le pays…

Si la situation économique s'aggravait, peut-être Angie serait-elle obligée de la licencier ? Peut-être en avait-elle déjà eu l'idée sans oser lui en parler ?

Iona se promit d'aborder elle-même le sujet au plus vite. Elle avait toujours la ressource de redemander un poste d'enseignante en maternelle. Certes, elle serait moins bien payée qu'en travaillant pour Angie, mais elle y arriverait.

Avant la sieste de Chloé, elle lui avait lu une histoire, et s'était émerveillée devant son imagination débridée. Car la petite fille avait continué l'histoire pour elle-même, inventant de nouveaux personnages, de rocambolesques péripéties, faisant preuve d'une extraordinaire créativité.

— Si tu veux, je peux te laisser ce livre, dit enfin Iona. Tu as l'air de l'aimer…

— Oh ! oui ! s'écria Chloé, ravie. Tu m'écriras quelque chose dessus ? Comme ça, quand je serai grande, je le lirai toute seule !

Iona sourit.

— D'accord, acquiesça-t-elle. Que veux-tu que je t'écrive ?

— Je sais pas. Quelque chose de gentil…

Iona sourit de nouveau et prit un crayon.

— « Pour Chloé, en souvenir d'une belle journée à Auckland. Bisous de Iona… » : ça te va ?

— Non. Ecris « Gros bisous de Iona » !

Cette fois, Iona éclata de rire, puis reprit son crayon.

— « Plein de gros bisous de Iona », déclara-t-elle. C'est bien, non ? demanda-t-elle en tendant le livre à Chloé. Voilà, c'est mon cadeau pour toi !

Le regard extatique de la petite fille lui alla droit au cœur.

— Merci, murmura-t-elle en le serrant contre elle. Je le garderai toute ma vie…

Puis, après avoir posé le livre à côté de son oreille, elle s'empara de son doudou. Quelques minutes plus tard, elle dormait.

Une heure plus tard, face à la mer, Iona se remémora le visage paisible de la petite fille endormie et songea qu'il devait être très facile de s'attacher à elle, si pleine de vie et de gaieté, et en même temps si tendre…

— Je suis réveillée ! lança une petite voix.

Iona se retourna. Vêtue de son maillot de bain et d'une casquette, Chloé se tenait dans l'embrasure de la porte et arborait un air triomphant. Voilà une petite fille qu'on avait habituée à se prendre en charge toute seule, se dit Iona, admirative. Pour son jeune âge, elle faisait déjà preuve d'une belle indépendance !

— Je me change et on y va ! rétorqua-t-elle.

Dix minutes plus tard, elles jouaient au ballon dans la piscine. Dans l'eau, la petite fille, aussi à l'aise qu'un poisson, faisait preuve d'une incroyable énergie. A tel point qu'elle avait presque du mal à la suivre ! constata Iona, désabusée.

Soudain, Chloé s'arrêta net et regarda derrière Iona.

— Luke ! s'écria-t-elle.

Iona se retourna et aperçut en effet Luke qui se tenait à quelque distance. Le soleil jetait des reflets presque bleus sur ses cheveux d'un noir de jais, et sous cette lumière crue ses traits aristocratiques prenaient un relief tout particulier.

Iona déglutit lentement, fascinée. Puis elle tenta de maîtriser son trouble, de se convaincre qu'il ne s'agissait que d'une pulsion physique, d'un désir qu'elle avait déjà éprouvé maintes fois en sa présence et qui ne portait pas à conséquence.

Mais, au fond d'elle-même, elle savait qu'il n'en était rien. Car Luke l'émouvait bien au-delà de l'attirance physique, surtout depuis qu'elle l'avait vu avec Chloé... L'attention et le dévouement qu'il manifestait à sa fille l'avaient bouleversée, car elle devinait en lui une sensibilité et une tendresse qui le lui rendaient plus précieux encore.

Son regard sur lui avait changé, et elle n'aimait pas cela. Elle devait rester distante, ne pas s'impliquer, ne pas s'imaginer des choses absurdes pour la simple raison qu'il prenait à cœur son rôle de père.

Par bonheur, il semblait ne pas s'intéresser à elle : il lui jeta à peine un coup d'œil. Il l'avait contemplée nue si souvent que le fait de la revoir en maillot de bain ne devait pas l'émouvoir outre mesure, songea-t-elle avec un soupçon d'amertume.

Il aida Chloé à sortir de l'eau, lui glissa à l'oreille quelque chose qui fit sourire la petite fille, et l'entoura de sa serviette. Puis, après l'avoir séchée avec soin non sans la gratifier de quelques chatouilles qui la firent hurler de joie, il se tourna vers Iona.

Debout au milieu du petit bain, de l'eau jusqu'à la taille, elle n'avait pas bougé.

— Il y a un problème, déclara-t-il. Ma réunion va sûrement se prolonger tard dans la soirée, donc tu vas devoir rester jusqu'à mon retour.

C'était un ordre, pas une question, constata-t-elle,

contrariée. Il aurait mérité qu'elle le remette à sa place mais elle jugea préférable de s'abstenir. Non seulement cela n'aurait servi à rien, mais elle ne voulait pas l'affronter devant Chloé.

— Parfait, dit-elle d'un ton pincé.

Il ne sembla pas remarquer son agacement et se tourna vers Chloé.

— Va vite te changer, ma chérie, lui dit-il. Je dois parler avec Iona.

La petite fille courut vers sa chambre, les laissant seul à seule.

Iona était toujours dans l'eau. Debout au bord de la piscine, Luke la toisa d'un regard dominateur qu'elle trouva infiniment déplaisant. C'était comme s'il mettait tout en œuvre pour lui prouver qu'il était le plus fort, et que, quoi qu'il décide, elle ne pouvait qu'obtempérer.

Alors elle sortit de l'eau et, une fois sur le bord de la piscine, se redressa de toute sa taille. Puis, lui faisant face, elle releva le menton dans un geste de défi. Mais il la dominait encore d'une tête…

Il s'attacha à la regarder droit dans les yeux, comme s'il refusait de voir son corps sculptural mis en valeur par un sobre maillot une pièce.

— Ta cousine peut certainement t'apporter tes affaires pour la nuit, déclara-t-il.

La mauvaise humeur de Iona augmenta d'un cran. Il ne lui suffisait pas de décréter quelque chose pour être aussitôt obéi !

— Justement, non, rétorqua-t-elle d'un ton sec. Elle est occupée aujourd'hui. Je ne peux pas la déranger.

En effet, à supposer qu'Angie ne rentre pas chez elle trop tard, il n'était pas question de lui demander d'abandonner ses enfants pour aller jusqu'à son appartement.

— Très bien, fit-il d'un ton abrupt. Dans ce cas, je

vais demander à un de mes collaborateurs d'aller chez toi chercher des vêtements.

— Non.

Cette fois, ce fut à Iona de prendre un ton sec. Il n'était pas question qu'un inconnu aille fouiller dans ses affaires !

Et surtout, elle en avait assez que Luke organise tout, comme si elle n'était pas assez grande pour se débrouiller toute seule ! Comme si, du haut de sa virilité triomphante, il pouvait tout exiger d'elle sous prétexte qu'elle était une faible femme à sa merci !

— Alors as-tu une autre solution à suggérer ?

— Je me débrouillerai avec ce que j'ai. J'ai pris quelques vêtements par précaution, ça suffira jusqu'à demain matin, précisa-t-elle.

Il n'insista pas.

— Comme tu voudras. Tu trouveras un nécessaire de toilette dans la chambre d'invités, au cas où…

La question était réglée.

Ils se firent face en silence, sous la lumière crue du soleil. Iona sentit le regard incandescent de Luke se poser sur elle, glisser sur son cou, ses seins, ses cuisses, avec une insistance et une impudeur qui la bouleversèrent. Un frisson la parcourut, qu'elle tenta tant bien que mal de lui dissimuler.

— Merci, je vais me changer, balbutia-t-elle d'une voix étranglée.

Elle lui tourna le dos et s'écarta de lui à la hâte, profondément troublée. Elle savait qu'il ne la quittait pas des yeux et était prête à parier qu'il avait les yeux fixés sur la partie la plus charnue de son anatomie…

— Attends ! lança-t-il tout à coup d'un ton abrupt. Tu as une abeille sur l'épaule !

Elle s'immobilisa et sentit ses doigts lui effleurer la peau. Il ne l'avait pas touchée depuis Tahiti et ce fut comme si une onde de choc la parcourait, sans commune mesure avec ce geste en apparence anodin.

Le cœur battant, elle se dégagea aussi vite qu'elle le put.

— J'espère que tu ne lui as pas fait mal, dit-elle enfin en s'enroulant dans sa serviette, autant pour se sécher que pour se soustraire au regard de Luke.

— Non, je l'ai juste fait partir et elle s'est envolée vers d'autres aventures. Elle a dû prendre ta peau pour un pétale de gardénia... Même velouté, même transparence, même parfum sucré : rien d'étonnant à ce qu'elle se soit trompée.

De plus en plus déstabilisée, Iona sentit une boule se former dans sa gorge.

Pourquoi lui tenait-il ce genre de discours, alors qu'il n'y avait plus rien entre eux ? Et pourquoi cela la mettait-il dans tous ses états ? Il n'aurait pas dû avoir la cruauté de lui rappeler leur passion tahitienne que, malgré tous ses efforts, elle ne pouvait pas oublier...

— Merci de lui avoir laissé la vie sauve, murmura-t-elle dans un souffle.

— Je t'en prie. Pas plus que toi, je n'aime tuer les animaux, même les plus insignifiants. Ce soir, tu dormiras dans la chambre voisine de celle de Chloé, ajouta-t-il, sautant du coq à l'âne. Elle se couche vers 19 h 30, et dort normalement jusqu'au lendemain matin sans ouvrir l'œil. Si elle a son doudou, bien sûr !

A l'évocation du fameux doudou, ils échangèrent un sourire. Il s'agissait d'un ours en peluche qui avait déjà perdu la moitié de ses poils...

Puis ils se séparèrent. Iona s'isola dans le pool-house pour prendre une douche rapide et se rhabilla, tandis que Luke regagnait l'appartement pour s'occuper de sa fille.

Quand elle les rejoignit dans la chambre de l'enfant, elle les trouva occupés à faire un puzzle, installés sur le tapis. Luke se leva aussitôt.

— Viens, dit-il à Iona, je vais te montrer ta chambre. On finira plus tard, Chloé !

La vaste pièce était luxueusement décorée comme le reste de l'appartement, et disposait d'une salle de bains dernier cri. Luke traitait ses employés de façon royale, se dit Iona.

— Quel luxe ! s'écria-t-elle. Merci.

— C'est moi qui te remercie. Je suis très heureux que tu puisses t'occuper de Chloé.

Il lui sourit, et Iona se sentit fondre : un éclat presque tendre brillait dans ses yeux noirs, une fossette se creusait sur son menton volontaire, lui donnant tout à coup le charme d'un adolescent.

Il avait tout, pensa-t-elle malgré elle : la beauté, la sensualité, l'intelligence, la richesse, et parfois aussi, comme à cet instant, une irrésistible douceur qui le rendait plus attirant encore.

Mais elle se reprit aussitôt. Quoi qu'elle ait vécu dans les bras de Luke, quoi qu'elle ressente pour lui à cet instant, elle n'était à présent rien d'autre qu'une employée à son service.

— C'est mon métier, rappela-t-elle d'une voix détachée.

— Heureusement que tu n'avais pas d'engagement pour ce soir : je n'ai rien pu faire pour écourter la réunion. Un conseiller du ministre, ça prend son temps ! Ah, j'ai commandé le dîner, ajouta-t-il, et en cas de besoin particulier tu peux toujours appeler le concierge. Et un dernier détail avant que je ne file : quand je ne suis pas avec elle, j'appelle toujours Chloé pour lui souhaiter bonne nuit. J'essaierai vers 19 heures.

Elle réprima un sourire attendri. Peut-être était-il arrogant et directif, mais personne ne pouvait mettre en doute son amour pour sa fille…

— D'accord. Je laisserai nos portes ouvertes, de façon à l'entendre si elle se réveille.

— Ce qui n'arrive jamais, Dieu merci !

— Dans le cas contraire, je gérerai. J'ai gardé suffisamment d'expérience pour faire la différence entre une urgence médicale et un cauchemar !

De nouveau, ils échangèrent un sourire de connivence, puis le silence entre eux se prolongea et une lueur trouble s'alluma dans les yeux sombres de Luke.

— Quelle chance j'ai de t'avoir revue, murmura-t-il d'une voix sourde.

Elle se força à sourire d'un air dégagé.

— La vie nous réserve parfois de curieuses surprises, fit-elle observer prudemment.

— En effet. Et la sagesse, c'est aussi de se contenter de ce qu'elle offre, et de ne pas en demander plus, enchaîna-t-il comme s'il se parlait à lui-même. Bon, il faut que j'y aille ! Je devrais être de retour vers minuit, mais il est inutile de m'attendre pour aller te coucher. Je vais embrasser Chloé.

Quelques minutes plus tard, Iona le rejoignit dans la chambre d'enfant et, s'arrêtant sur le seuil, retint son souffle. Père et fille étaient enlacés, presque immobiles. Puis, tout à coup, l'enfant éclata de rire et Luke la posa à terre.

— Bientôt, on va aller sur l'île et je resterai avec toi pendant sept dodos. Tu es contente ?

— Oui, très contente ! répondit Chloé.

Puis son regard alla de Luke à Iona, qui restait discrètement dans l'embrasure de la porte.

— Et Iona, elle pourra venir avec nous ?

Il y eut un silence.

— Iona est trop occupée pour prendre des vacances, expliqua Luke d'une voix distante. Et, de toute façon, Neelie va bientôt revenir.

Voilà qui remettait les choses à leur place, songea Iona avec une lucidité amère. Pour Luke, elle n'était donc rien d'autre qu'une nounou remplaçante. Et c'était très bien ainsi.

Alors pourquoi était-elle aussi affectée par sa remarque ?

Pourquoi rien de ce qu'il pouvait dire ou faire ne la laissait-il indifférente ?

Elle le regarda mettre une veilleuse dans une prise du couloir, et, de nouveau, songea qu'il était un père très attentif. Chloé avait bien de la chance…

Il se retourna et vit son regard posé sur lui. L'espace d'un instant, elle le sentit déstabilisé, mais il se reprit aussitôt et l'éclat trouble qu'elle avait surpris dans ses yeux s'évanouit.

— Si elle se réveille, voir de la lumière la rassure, expliqua-t-il après un silence. Elle voyage beaucoup avec moi et cette lumière est en quelque sorte son point d'ancrage.

— Je comprends…

Luke venait de partir quand Angie appela.

— Tout va bien ? demanda-t-elle.

— Très bien, répondit Iona.

— Dis-moi, j'ai pensé à quelque chose. Pourquoi est-ce qu'on n'emmènerait pas la petite Chloé demain au zoo avec les garçons ? Ce serait plus distrayant pour toi, et elle adorerait, j'en suis sûre ! En plus, il va faire un temps magnifique. Tu crois que ton play-boy de patron sera d'accord ?

— Je peux toujours lui en parler, répondit Iona prudemment. Mais ça m'étonnerait qu'il accepte.

— S'il refuse, ce sera pour des raisons de sécurité, fit observer Angie. Il est si riche et si connu qu'il doit se méfier. Mais tu pourras toujours lui expliquer qu'en Nouvelle-Zélande il n'y a jamais de problème !

En fin d'après-midi, un livreur apporta un paquet pour Iona. Elle remarqua aussitôt qu'il portait la marque d'un couturier très en vogue, et son cœur se mit à battre la chamade. Ce ne pouvait être que Luke !

Chloé insista pour l'ouvrir elle-même, et découvrit une ravissante chemise de nuit de soie rose.

C'était bien Luke, songea Iona, partagée entre l'excitation et l'agacement. Quand il voulait quelque chose, il ne lâchait jamais… Elle toucha la soie fluide et douce, et ferma les yeux. L'avait-il imaginée dans ce vêtement ? L'avait-il choisi lui-même ?

Mais ce n'était pas fini : le paquet contenait aussi un ensemble soutien-gorge et culotte de soie et dentelle ajourée assorti à la chemise de nuit, parfaitement à sa taille. Luke avait l'œil. Grâce à une longue expérience, se dit-elle avec une pointe de jalousie…

En son for intérieur, Iona se félicita du jeune âge de Chloé : à l'évidence, la petite fille n'avait même pas réalisé qu'il s'agissait de sous-vêtements, et de toute façon elle ne pouvait pas comprendre à quel point ce cadeau était audacieux.

Enfin, au fond du sac, Iona trouva des produits de beauté luxueux qu'elle n'aurait jamais eu les moyens de s'offrir. Perplexe, elle regarda ces objets, avec la vague et désagréable impression d'avoir été achetée.

Pourquoi Luke la couvrait-il ainsi de cadeaux dispendieux ? s'interrogea-t-elle. Pour la remercier de ses bons offices à Tahiti, comme il l'aurait fait avec une call-girl de luxe ? Ou pour ce qu'elle faisait pour Chloé ? Dans les deux cas, c'était non seulement inutile, mais presque insultant.

Elle ne laissa bien sûr rien paraître de ses états d'âme : il était temps de faire dîner Chloé. Affamée par ses jeux dans la piscine, la petite fille avala son repas jusqu'à la dernière miette. La mettre au lit fut un plaisir : elle était fatiguée et ne demandait qu'à retrouver son doudou.

Elle s'endormit après son histoire préférée de princesses.

Iona resta un long moment à contempler son visage aux traits fins, ses longs cils, et fut encore une fois frappée par sa ressemblance avec Luke.

Où était-elle quand son père était à Tahiti ? La laissait-il ainsi souvent pour s'octroyer des vacances de célibataire ?

Elle chassa ces questions dérangeantes de son esprit. A quoi bon se les poser puisqu'elle n'aurait jamais la réponse ?

Elle se mit au lit tôt après avoir vérifié que tout allait bien pour Chloé, lut un peu et s'endormit.

Elle se réveilla en sursaut, le cœur battant. Il lui semblait avoir entendu un bruit. Elle s'assit sur son lit et dressa l'oreille. Le silence semblait revenu mais elle était sûre de ne pas avoir rêvé. Peut-être était-ce Luke ? Peut-être un problème avec Chloé ?

Elle ne pouvait pas ne pas aller voir... Elle sauta à bas du lit, tira sur le long T-shirt qui lui servait de chemise de nuit et se glissa hors de la chambre.

Tout était calme, mais elle jugea préférable de s'assurer que Chloé dormait.

Elle avança vers sa chambre sur la pointe des pieds et s'arrêta net. Dans la pénombre, elle distingua la haute silhouette de Luke penché sur la petite fille endormie.

Il ne bougeait pas et elle recula le plus doucement possible pour regagner sa chambre sans qu'il la voie.

En vain. Il perçut le glissement de ses pieds nus sur le parquet et se retourna.

Quelques secondes plus tard, il la rejoignait dans le couloir, alors qu'elle était presque arrivée dans sa chambre.

— Je t'ai réveillée ? Je suis désolé, murmura-t-il.

Il avait retiré sa veste de costume. Ses boucles noires étaient légèrement ébouriffées, et sur ses joues on distinguait l'ombre de sa barbe naissante, qui accentuait encore l'aura de virilité qui se dégageait de toute sa personne.

Le col ouvert de sa chemise d'un blanc immaculé laissait entrevoir la toison brune qui lui recouvrait la poitrine : il était plus fascinant que jamais, pensa Iona, éblouie.

Une vague de chaleur l'envahit à l'idée que son lit était à quelques mètres, que Chloé dormait à poings fermés et qu'il aurait suffi d'un geste de sa part pour qu'elle lui cède aussitôt.

Mais il ne fit pas ce geste, et elle ne sut pas si elle en fut soulagée ou, au contraire, infiniment frustrée.

— Pourtant, j'ai essayé de ne pas faire de bruit…

Il lui fit face, et elle sentit son regard se poser sur ses seins dont on devinait la rondeur sous le T-shirt, puis sur ses cuisses fuselées, ses longues jambes bronzées.

« S'il me touche, je ne pourrai pas lui résister, se dit-elle, les jambes tremblantes. Si je sens sa main sur ma peau, je me jette dans ses bras ! »

L'atmosphère entre eux devint presque électrique, le silence, assourdissant, et Iona ferma les yeux, le cœur battant à tout rompre. Il allait s'approcher, elle en était certaine.

Mais à cet instant Chloé gémit dans son sommeil et le charme fut rompu.

Luke s'écarta et écouta quelques secondes.

— Elle a dû se retourner, expliqua-t-il. Elle fait toujours un petit bruit dans ces cas-là…

Dans l'intervalle, Iona s'était ressaisie. Elle posa la main sur la poignée de sa porte pour bien montrer à Luke qu'elle ne tenait pas à prolonger cette conversation.

— Elle s'est couchée très gentiment, fit-elle observer.

— Tant mieux. Tu as reçu le paquet ?

— Oui, merci, répondit Iona d'une voix mal assurée.

Elle se força à lui faire face en se réjouissant que la semi-obscurité cache l'expression de son visage, qui, elle le savait, devait trahir son trouble.

— Alors pourquoi n'as-tu pas mis la chemise de nuit ? Elle ne te plaît pas ?

4.

— Si, elle est très jolie, bredouilla Iona, mal à l'aise. Mais il n'est pas question que je l'accepte.

— Et pourquoi pas ?

Elle hésita un instant, prise de court par son ton inquisiteur, paralysée par ses propres doutes.

— Elle ne… convenait pas, finit-elle par balbutier lamentablement.

Luke lui jeta un regard interloqué. A l'évidence, il ne s'était pas attendu à cette réponse.

— Bon, fit-il, désabusé. Je vais dire à mon assistante personnelle de revoir sa copie. D'habitude, elle a un goût parfait…

— Non, surtout pas ! s'empressa de protester Iona, très gênée. Elle a fait un très bon choix !

Elle s'arrêta un instant, consciente de l'incohérence de ses propos. Elle devait à tout prix changer de sujet avant de s'enfoncer davantage…

— Assez parlé de ça ! reprit-elle d'un ton faussement léger. Ta réunion s'est bien passée ?

Luke, plongé dans ses pensées, la dévisageait d'un air soucieux.

— Je ne comprends pas comment j'ai pu te réveiller, fit-il observer comme s'il n'avait pas entendu sa question. J'ai pourtant fait très attention ! Tu dois avoir un sommeil très léger…

Il eut un léger sourire.

— Ou peut-être que tu ne dormais pas ?

Elle comprit aussitôt qu'avec son arrogance habituelle il sous-entendait qu'elle l'attendait.

— Pas du tout, protesta-t-elle d'un ton sec. Je dormais à poings fermés.

— Vraiment ? insista-t-il. Tu m'étonnes...

Tout en parlant, il lui effleura l'épaule de la main, d'un geste à la fois léger et possessif qui électrisa Iona. Il lui sembla que son sang s'accélérait dans ses veines.

Elle aurait dû s'écarter de lui, lui claquer la porte au nez et aller se recoucher, pour bien lui montrer qu'il n'avait aucun pouvoir sur elle.

Mais, bien sûr, elle n'en fit rien.

Comment aurait-elle pu, alors que tout son corps était en feu, qu'elle n'était plus qu'attente ?

— Pourquoi nous ne profiterions pas de cette incroyable rencontre que nous offre le hasard ? demanda-t-il d'une voix sourde sans retirer sa main. J'ai pensé à ça toute la journée, et je suis sûr que tu y as pensé aussi...

Terrassée par l'émotion, elle fut incapable de prononcer le moindre mot de protestation... à supposer qu'elle en ait eu envie. Elle se figea, le cœur battant, comme hypnotisée par cet homme qui occupait toutes ses pensées.

Il glissa la main dans son dos et, de l'autre, la prit par le menton, la forçant à affronter son regard incisif. Ils restèrent ainsi face à face, les yeux dans les yeux, immobiles.

L'émotion submergea Iona, un frisson la parcourut : il était si proche que, si elle avançait un peu la tête, leurs lèvres se toucheraient, si proche qu'elle percevait son parfum enivrant. Pourquoi la soumettait-il à une épreuve aussi cruelle ?

— Dis-moi que tu m'as oublié, murmura-t-il de sa voix grave aux accents sensuels.

— Je...

— Dis-le-moi, répéta-t-il sans lui lâcher le menton.

Il suffisait de prononcer quelques mots, et il la laisserait en paix. Il n'était pas homme à s'imposer, elle en était certaine. Un mensonge, et il s'effacerait. Mais avait-elle envie de lui mentir ? En avait-elle le courage ?

— Non, je ne t'ai pas oublié, s'entendit-elle lui répondre dans un souffle.

Curieusement, elle se sentit soulagée par cet aveu. Depuis qu'elle avait vu son reflet dans le miroir de la salle de bains, elle savait que ce moment allait venir, elle l'attendait.

Sans se l'avouer, elle ne pensait qu'à une chose : l'instant où Luke la prendrait dans ses bras, la presserait contre son corps viril et l'embrasserait à lui en faire perdre la tête. Et puis elle imaginait, plus tard, leurs corps nus enlacés, son sexe dressé pour elle, la sensation de plénitude qui l'envahirait quand il la pénétrerait…

Une vague de désir s'empara d'elle et elle vacilla sur ses jambes. Alors il la saisit par la taille d'un bras puissant et la serra contre lui pour l'empêcher de tomber. Elle se laissa faire, heureuse de le savoir si fort à côté d'elle.

— C'est bien, murmura-t-il, satisfait. Car je ne t'ai pas oubliée non plus.

Quand il se pencha sur elle, elle oublia d'un coup ses interrogations, ses scrupules. L'emprise qu'il avait sur elle était aussi puissante qu'à Tahiti, quand il avait fait sa conquête en un regard, en quelques mots. Soudain, elle sentit l'émotion déferler en elle et, vaincue, lui offrit ses lèvres.

D'abord, il maîtrisa le rythme de leur baiser, puis, peu à peu, il accéléra les mouvements de sa langue audacieuse, entraînant Iona dans un ballet érotique qui la laissa pantelante.

Par ce baiser, il lui semblait qu'il reprenait possession d'elle, comme s'il voulait lui faire comprendre qu'elle était à sa merci, incapable de le repousser, de résister aux forces qui la poussaient vers lui.

Et il avait raison.

Il la serra contre lui plus fort encore et pressa ses hanches contre les siennes pour qu'elle n'ait plus aucun doute sur la réalité de son désir. Elle réalisa, affolée, qu'il était prêt à la posséder. La tête lui tourna, et elle s'abandonna à son étreinte, tandis qu'une fièvre intense la faisait frissonner.

Alors il s'écarta légèrement d'elle sans pour autant la lâcher et murmura d'une voix sourde :

— Comment se fait-il que, quand je te vois, je n'ai plus qu'une seule obsession, t'entraîner dans un lit et y rester avec toi aussi longtemps que possible ?

Il avait dit dans un lit, nota-t-elle dans un éclair de lucidité. Pas dans sa vie… Pour lui, c'était juste une histoire de sexe. Pour elle, bien plus…

— Je crois que je connais la solution, reprit-il.

Il se pencha sur elle et lui embrassa longuement le cou, là où la chair est douce, effleurant sa peau satinée de ses lèvres. Puis il glissa vers sa nuque et lui mordilla le lobe de l'oreille.

— Je me souviens de tes morsures, murmura-t-il d'une voix rauque, et de tes cris quand le plaisir était sur le point d'éclater…

Elle vacilla, bouleversée de l'entendre évoquer ces moments si riches de bonheur partagé.

— C'est du passé, Luke, murmura-t-elle d'une voix à peine audible. Tout cela est derrière nous.

— Si c'est du passé, pourquoi trembles-tu ?

Elle ne répondit pas, déchirée entre l'envie irrépressible de passer encore une nuit avec lui, juste une nuit, et la certitude que lui céder était une folie.

Au supplice, elle parvint à se détacher de lui et posa la main sur la poignée.

A sa grande surprise, Luke tendit la main et ouvrit lui-même la porte.

— Rentre dans ta chambre, lui ordonna-t-il d'une voix sourde. Avant que je te fasse l'amour jusqu'au petit matin. Tu as envie de moi autant que j'ai envie de toi, j'espère que tu n'auras pas l'audace de le nier…

Au désespoir, elle lui jeta un dernier regard avant de refermer la porte derrière elle.

Elle se glissa sous les couvertures et resta prostrée, tremblant de tous ses membres sous l'effet de la frustration et de l'amertume.

Il avait suffi d'un regard, de quelques mots, pour que les braises se raniment, pour que le feu qui brûlait en elle s'embrase de plus belle. Comment lutter contre l'attirance que Luke exerçait sur elle ? Comment lui cacher sa vulnérabilité ?

Depuis Tahiti, aucun homme n'avait réussi à retenir son attention, tant le souvenir de leur passion torride était resté gravé en elle.

Mais il n'avait pas changé…

Certes, il la désirait avec la même ardeur, il lui ferait l'amour avec la même intensité si elle se donnait à lui, mais pour lui tout cela restait purement physique.

Elle tenta en vain de le chasser de ses pensées, mais le souvenir de ses baisers, de son corps viril pressé contre le sien lui revenait sans cesse à la mémoire.

Elle finit par s'endormir d'un sommeil agité, entrecoupé de rêves confus dans lesquels, immanquablement, Luke tenait le premier rôle, et se réveilla épuisée.

Pas un bruit du côté de Chloé, constata-t-elle en dressant l'oreille. Pourtant, il faisait grand jour. Un coup d'œil à sa montre lui confirma qu'il était tard : elle n'avait pas entendu son réveil.

Affolée à l'idée que Chloé était peut-être déjà debout, elle se leva à la hâte, s'habilla et sortit de la chambre.

— Bonjour.

Elle sursauta. Luke était là, derrière la porte, comme s'il avait guetté son apparition.

— Je t'ai fait peur ? demanda-t-il de sa voix grave.

— Bien sûr que non !

— Alors pourquoi cette réaction ?

— Je croyais que tout le monde dormait. Tu m'as surprise, c'est tout.

Il haussa les épaules, visiblement peu convaincu.

— Tu es un peu à cran, on dirait, fit-il observer. Ce qui n'est pas très indiqué quand on doit s'occuper d'un jeune enfant.

Essayait-il de la pousser dans ses retranchements, de lui faire admettre que c'était lui qui la mettait dans cet état ? Plutôt mourir ! pensa Iona.

— C'est l'effet de surprise, rien de plus ! répéta-t-elle, agacée. Je ne m'attendais pas à te trouver là. Chloé est réveillée ?

— Non, elle dort encore. Le décalage, sans doute. Laissons-la se reposer, et profitons du calme pour prendre un petit déjeuner tranquille. J'ai une proposition à te faire.

Une proposition ? Stupidement, Iona frissonna d'excitation, tandis qu'un secret espoir l'envahissait. Mais cet état ne dura pas, car elle s'obligea à revenir à la réalité. En dehors de nuits torrides, elle n'avait rien à attendre de Luke, et devait s'en convaincre pour ne pas se laisser aller à des rêveries d'adolescente.

— Une proposition de quel ordre ?

— Je viens d'avoir Neelie au téléphone. L'état de sa mère s'est aggravé, et elle souhaite prolonger son séjour auprès d'elle. Or j'ai un agenda professionnel chargé dans les jours qui viennent, avec beaucoup de réunions. J'ai donc absolument besoin de trouver quelqu'un pour s'occuper de Chloé. Je te propose le job jusqu'à notre départ de Nouvelle-Zélande, dans une semaine.

Il y eut un silence.

— Je serais ravi que tu acceptes, reprit-il d'un ton pénétré, car à l'évidence tu as fait la conquête de Chloé.

— C'est-à-dire que… c'est impossible, balbutia Iona, le cœur battant à tout rompre. Angie a besoin de moi pour d'autres missions.

— Tu n'as pas à t'en faire de ce côté-là. Je viens d'appeler ta cousine. Elle me dit qu'elle peut te libérer sans problème. A supposer que tu sois d'accord…

— Tu l'as appelée ? lança Iona, stupéfaite. Mais tu n'as pas son numéro personnel ! Et elle avait demandé qu'on ne la dérange pas !

— J'ai des collaborateurs très efficaces, lâcha-t-il, lapidaire. Et il s'agissait d'un problème urgent : elle a parfaitement compris.

Iona fronça les sourcils, contrariée.

Comme chaque fois qu'elle était en colère, le bleu de ses yeux tirait encore plus sur le vert, donnant à son regard une extraordinaire profondeur, songea Luke. Il se remémora soudain ces mêmes yeux chavirés dans l'amour, ses longs cheveux soyeux qui lui caressaient la poitrine quand elle le chevauchait, sa peau aussi douce que du velours.

Pourtant, même au plus intense de leurs ébats, il lui semblait qu'elle gardait toujours une certaine retenue, comme si elle s'interdisait de se libérer complètement. D'ordinaire, il se préoccupait peu des états d'âme de ses partenaires, mais avec Iona c'était différent. Tout était différent.

La veille au soir, il aurait dû résister à l'envie de l'embrasser. Il avait construit sa vie d'adulte en se jurant de toujours se méfier des femmes, échaudé par l'exemple de son père, et voilà qu'il retombait sous le charme de cette jeune Néo-Zélandaise qui l'avait déjà ensorcelé à Tahiti.

Il fallait que cela cesse, d'autant qu'elle était désormais son employée. Pas question de mélanger les genres…

— Ta cousine m'a assuré que tu pouvais travailler pour moi aussi longtemps que nécessaire, indiqua-t-il. Elle te remplacera sur tes autres missions.

Il n'ajouta pas qu'en femme d'affaires avisée elle avait négocié âprement le salaire de Iona, et qu'il avait cédé sans discuter à ses exigences. Il n'avait pas vraiment le choix, car c'était elle qu'il voulait pour Chloé.

Iona prit une profonde inspiration et un sourire un peu crispé se dessina sur ses lèvres. Elle réfléchissait, conclut Luke avec satisfaction : elle allait accepter.

— Alors d'accord, déclara-t-elle en effet d'un ton neutre. Je resterai pour m'occuper de Chloé.

— Impeccable ! Je me suis organisé avec Angie : tu pourras retourner à ton appartement pour y chercher des affaires pendant que Chloé et moi allons au zoo avec ta cousine et ses fils, expliqua-t-il comme si cela allait de soi. J'ai commandé un taxi pour toi.

Iona accusa le coup, estomaquée. Encore une fois, Luke décidait de tout pour elle en la mettant devant le fait accompli ! Pourtant, le zoo, c'était son idée, et Angie, sa famille ! Il avait un de ces toupets !

Elle renonça cependant à lui faire une scène : non seulement cela n'avait pas de sens, mais elle n'avait aucune envie de se couvrir de ridicule.

Il perçut son étonnement, sa contrariété, et admira sa capacité à se contenir. Elle l'impressionnait autant qu'elle l'intriguait…

L'enquête qu'il avait diligentée sur elle ne mentionnait aucun fiancé, aucun petit ami, ce qui n'avait pas manqué de l'étonner. Avec sa beauté et son sex-appeal, elle aurait pu avoir tous les hommes à ses pieds. Etait-ce le souvenir de son fiancé qui l'empêchait d'avoir une vie amoureuse ? Elle lui avait expliqué en quelques mots qu'il s'était noyé en lui portant secours ; peut-être ces circonstances tragiques expliquaient-elles son incapacité à tourner la page ?

De toute façon, la vie amoureuse de Iona Guthrie était le cadet de ses soucis, conclut-il : leur aventure tahitienne l'avait certes durablement troublé, mais à l'heure actuelle il n'y avait pas de place pour une femme dans sa vie. Pour l'instant, Chloé avait besoin de lui plus que quiconque aurait jamais besoin de lui…

Deux heures plus tard, Iona était encore passablement exaspérée quand elle poussa la porte pour rentrer dans l'immeuble de Luke, sa valise à la main.

Elle salua d'un sourire le concierge, qui l'arrêta d'un signe de la main.

— Laissez votre valise, mademoiselle, je la ferai monter à l'appartement. M. Michelakis m'a chargé de vous dire qu'il vous attend au zoo, devant les éléphants.

Il jeta un rapide coup d'œil à sa montre.

— Dans dix minutes, ajouta-t-il.

— Dans dix minutes ? s'exclama Iona, interloquée.

— C'est ce qu'il a dit. Mais ne vous inquiétez pas, une voiture vous attend.

De nouveau, elle n'avait qu'à obtempérer, songea Iona. Mais, cette fois, elle devait admettre que c'était plutôt agréable. Bien plus agréable que les exigences parfois abusives de certains clients ! Travailler dans ce métier lui avait appris à prendre du recul par rapport aux événements et aux individus… et à avoir le courage de dire non.

En l'espèce, d'ailleurs, elle n'avait ni le loisir ni l'envie de refuser…

Le taxi la déposa rapidement devant le zoo, et elle trouva sans difficulté le point de rendez-vous.

De loin, elle aperçut la petite troupe : Angie et ses garçons qui sautaient comme des cabris, et, main dans la main, Luke, en jeans et élégant blouson de cuir, et Chloé, médusée devant les animaux. En approchant, elle remarqua le regard plus qu'intéressé que jetaient les jeunes mères à ce bel homme au look de play-boy.

Où qu'il aille, il éveillait le désir des femmes, se dit Iona en réfrénant un ridicule accès de jalousie.

Elle ralentit, soudain sur la défensive à l'idée de le retrouver. Saurait-elle dissimuler les émotions qui l'envahissaient dès qu'elle était en sa présence ?

L'importance qu'il avait désormais prise dans sa vie l'effrayait. Car que savait-elle de cet homme qui occupait toutes ses pensées ? Presque rien, à part qu'il était beau à couper le souffle, avait réussi professionnellement et dissimulait une histoire familiale compliquée. Et qu'il adorait Chloé, dont la mère restait un fantôme.

— Alors, on s'amuse bien, les enfants ? lança-t-elle avec un sourire.

Les trois petits se précipitèrent vers elle, chacun voulant être le premier à lui raconter les événements marquants de leur visite : l'affreux rugissement d'un lion, la bagarre entre deux singes, la dégustation d'une glace…

Au-dessus d'eux, Angie fit un petit signe de connivence à Iona, tandis que Luke la dévisageait avec une expression qu'elle ne parvint pas à analyser.

Ils échangèrent quelques mots avant de reprendre la visite. Chloé allait indifféremment de Luke à Iona, leur prenant tour à tour la main, tandis que les deux garçons ne lâchaient pas Luke.

Depuis le départ de leur père, ils étaient très clairement à la recherche d'une figure paternelle, songea Iona. Par bonheur, Angie ne semblait pas en prendre ombrage, bien au contraire. Peut-être même était-elle heureuse de cette présence masculine…

Dans la voiture, Chloé s'endormit aussitôt.

— J'ai cru comprendre que le père des garçons ne vivait pas avec eux, déclara Luke, les yeux fixés sur la route.

— En effet.

— Ils se voient souvent ?

— Non, rarement.

— Est-ce leur mère qui fait de la résistance ?

— Non. C'est lui qui se désintéresse d'eux.

Il secoua la tête en soupirant.

— Je n'arrive pas à y croire, murmura-t-il comme s'il se parlait à lui-même. Quand on fait un enfant, on assume !

Perplexe, Iona lui jeta un regard en coin. Cette remarque ne s'appliquait-elle pas à la mère de Chloé ? Quel rôle jouait-il dans cette histoire ?

Une fois devant l'immeuble, Chloé refusa de marcher.

— Je veux que tu me portes, Luke ! Je suis fatiguée !

Il fronça les sourcils.

— Tu es bien sûre ? Parce que, si tu es fatiguée, je vais être obligé de te mettre au lit immédiatement !

Chloé ne se le fit pas dire deux fois et se mit aussitôt à marcher, la main dans celle de Luke.

Iona apprécia la réaction de Luke. Il n'avait pas cédé au caprice de sa fille, et l'avait remise à sa place avec autant de gentillesse que de fermeté. Elle aurait agi de la même façon.

Elle installa Chloé dans sa chambre avec ses jouets et rejoignit Luke sur la terrasse.

Accoudé à la rambarde, il semblait absorbé dans la contemplation des bateaux et des îles. Curieusement, il lui parut tout à coup perdu dans une immense solitude, presque abandonné, et elle éprouva pour lui une intense compassion.

Mais, quand il se retourna, aucune émotion ne transparaissait sur son visage. Elle avait dû rêver, se dit Iona. Seule Chloé semblait capable de le toucher.

— Cette vue est magnifique, dit-il.

— Nous n'avons pas de monuments chargés d'histoire, mais le site est exceptionnel, c'est vrai, enchaîna-t-elle.

Ils restèrent un moment silencieux, le regard perdu vers l'océan.

— Je suis très soulagé que ce soit toi qui t'occupes de Chloé, dit-il soudain.

— C'est normal, j'ai été formée pour ça.

— Ce n'est pas une question de formation, Iona. Tu sais t'y prendre avec les enfants, j'en ai eu la confirmation quand je t'ai vue avec les garçons, cet après-midi. Et ça, ça ne s'apprend pas dans les livres… Par ailleurs, j'ai lu les commentaires sur ton dossier, tous très élogieux. Tu sembles avoir été très appréciée.

Il avait eu le toupet de faire des recherches sur elle ! s'indigna-t-elle intérieurement.

Mais il avait sans doute perçu sa contrariété, car il ajouta :

— Tu n'imaginais tout de même pas que j'allais t'engager sans faire quelques petites vérifications préalables ?

Elle préféra ne pas répondre, mais la blessure était profonde. Pour Luke, elle restait avant tout une employée, ce qui lui donnait tous les droits, même celui d'aller fouiller dans son passé.

— Mets-toi à ma place, je me devais de prendre des renseignements sur la personne à laquelle je confie Chloé, reprit-il d'une voix plus conciliante. Tu sais comme je me soucie d'elle…

Elle esquissa un sourire, rassérénée.

Comment lui en vouloir, en effet, alors qu'elle connaissait son amour pour sa fille ?

Et comment ne pas fondre en découvrant en lui, au-delà du play-boy au charme ravageur, un père d'une infinie tendresse ?

5.

— Je comprends, enchaîna-t-elle après un silence. J'ai été surprise, c'est tout.

— C'est pour Chloé que je fais cela, ajouta-t-il. Je veux la protéger au maximum. Elle est si jeune, si tendre, si fragile !

— Rien de plus normal pour un père que de vouloir protéger son enfant, constata Iona, profondément touchée par cette manifestation d'amour paternel.

Il releva la tête et lui lança un regard étrange.

— Je ne suis pas son père, prononça-t-il alors avec calme.

Il y eut un long silence pendant lequel Iona le dévisagea, aussi stupéfaite qu'incrédule.

— Tu n'es pas son père ? Mais elle te ressemble comme deux gouttes d'eau !

Pourvu qu'il ne soit pas un de ces odieux personnages qui font des enfants et refusent de les reconnaître ! songea-t-elle tout à coup avec angoisse.

— Calme-toi, Iona, et ne va pas imaginer je ne sais quel scénario. Ma situation est très compliquée… Au fond, peut-être est-ce toi qui aurais dû prendre des renseignements sur moi, ajouta-t-il, ironique.

— Mais qui est Chloé, pour toi ? s'exclama-t-elle, affolée.

— Ma demi-sœur.

— Comment ?

— C'est la vérité. Je l'ai adoptée, et au fond les circonstances de sa naissance importent peu. Ce qui compte, c'est qu'elle soit en sécurité.

— Pourquoi ? Quelqu'un lui en veut ?

— Peu importe qui lui en veut. Je veux juste que tu la surveilles bien.

Iona fronça les sourcils.

— Je suis désolée, mais si je dois m'occuper d'elle j'ai droit à un minimum d'information ! protesta-t-elle avec vigueur.

— Tu as raison, murmura-t-il après quelques instants de réflexion. Mieux vaut que tu sois au courant. Je dois protéger Chloé de son père biologique, qui pourrait tenter de la récupérer.

— Et ce père… ?

— C'est le mien également, précisa-t-il après quelques secondes d'hésitation.

Ce même père indigne qui l'avait banni à jamais de chez lui, à l'instigation de sa belle-mère ! se dit Iona en se remémorant ce qu'avait lu Angie dans les journaux. Voilà pourquoi Chloé n'appelait pas Luke « papa », ce qui l'avait toujours étonnée…

Dès qu'elle aurait un peu de temps à elle, elle ferait une recherche sur internet pour en savoir plus. Le conflit qui opposait Luke à son père semblait désormais autrement plus fort qu'une simple mésentente familiale…

— Que redoutes-tu ? Un kidnapping ?

— Tout est possible de sa part, expliqua Luke, désabusé. Je préfère m'attendre au pire.

— Un kidnapping en Nouvelle-Zélande me paraît improbable, fit observer Iona. Impossible de quitter le pays autrement qu'en avion, or échapper aux contrôles à l'aéroport n'est pas facile.

— Tu es bien naïve, Iona. Quand on en a les moyens, on arrive toujours à ses fins. Et mon père est aussi riche que sans scrupules. S'il veut me prendre Chloé, il y parviendra. Il suffit de corrompre quelques fonctionnaires… Tu n'imagines pas le pouvoir de l'argent !

Iona garda le silence un moment. L'argent ! Elle avait oublié à quel point la famille Michelakis en avait…

— Alors comment allons-nous faire ? Tu ne seras pas toujours avec nous pour nous protéger, et il ne t'a pas échappé en lisant l'enquête me concernant que je n'ai pas beaucoup d'expérience en tant que garde du corps…

Il ne releva pas l'ironie de ces derniers propos.

— Je suis flatté que tu me juges capable de vous protéger, fit-il observer avec un sourire, mais sache que j'ai une solution beaucoup plus efficace et pérenne : j'emploie tout simplement des agents de sécurité.

Elle ouvrit de grands yeux étonnés.

— En permanence ?

— Oui.

— Tu veux dire que, par exemple, quand nous étions au zoo, ils étaient là ?

— Absolument.

Cette nouvelle ternit tout à coup le souvenir délicieux qu'elle avait de cet après-midi si détendu, et elle ne put retenir un frisson.

— Tu as froid, murmura-t-il en posant la main sur son bras nu.

Sa paume était chaude, et elle perçut son parfum troublant, subtil mélange de son odeur virile et des senteurs d'agrumes de son eau de toilette…

Elle se figea, comme paralysée, et s'efforça de ne pas lever les yeux sur lui. Si elle le regardait, il lirait sur son visage l'intense émotion qui l'envahissait, et elle ne voulait de cela à aucun prix. Une boule se forma dans sa gorge, le souffle lui manqua : elle était vaincue.

Avec une extrême lenteur, elle leva la tête et croisa son regard brûlant.

Une légère caresse de ses doigts sur son avant-bras acheva de la déstabiliser et elle retint son souffle, en plein désarroi. Son seul désir était de se jeter dans ses bras, de tout oublier pour se lover contre lui et s'imprégner de sa chaleur, de sa force virile.

Elle hésita encore, consciente qu'elle était au bord d'un précipice et que, si elle franchissait ce pas, rien pour elle ne serait plus jamais comme avant.

A cet instant, il retira sa main et elle reprit le contrôle d'elle-même. Il s'en était fallu de peu…

— Non, je n'ai pas froid, parvint-elle à articuler.

Le regard de Luke resta fixé sur elle et il se retint de la toucher de nouveau. Il n'avait rien oublié du velouté de sa peau, de son parfum sucré, si féminin, si sensuel… Dans ses bras, elle s'était donnée avec une générosité et une honnêteté qui l'avaient stupéfié, surtout pour une femme qui venait de subir une terrible épreuve. Et, en même temps qu'elle se livrait à lui en toute impudeur, elle restait pour lui un mystère, ce qui la rendait d'autant plus fascinante.

— Alors pourquoi trembles-tu ? demanda-t-il d'une voix rauque.

Elle leva les yeux vers lui, ces yeux si transparents qu'il aurait voulu pouvoir s'y perdre, et il y lut le message qu'elle n'osait pas exprimer avec des mots.

Alors, bouleversé, il se pencha sur elle et prit les lèvres qu'elle lui offrait. Comme par magie, leur baiser effaça d'un coup les dix-huit mois qui venaient de s'écouler et ils se retrouvèrent comme cette première fois, sur la plage illuminée de soleil de Tahiti…

La veille, il l'avait embrassée avec urgence, avec violence, comme mû par un désir violent, songea Iona, éperdue. Cette fois, c'était différent. Ses lèvres étaient douces, il l'entraînait dans un monde rêvé où tout n'était qu'harmonie et tendresse. Leur baiser se prolongea, profond, paisible, et Iona sentit une merveilleuse impression de plénitude et de bien-être l'envahir. Dans les bras de Luke, le monde avait enfin un sens, pensa-t-elle, car ils partageaient bien autre chose que le plaisir de la chair, elle en était désormais certaine.

Après ce baiser, rien ne serait plus comme avant. Elle ignorait où elle allait avec Luke, mais elle n'en avait cure. Elle était prête à le suivre.

Fermant les yeux, elle s'abandonna à la vague de chaleur qui déferlait en elle et se lova contre lui.

Mais soudain, comme si ce dernier geste l'avait déstabilisé, il se dégagea de son étreinte et recula d'un pas, l'air sombre, les traits crispés.

— Je suis désolé, balbutia-t-il. Je n'aurais pas dû.

Elle resta quelques instants figée, comme s'il s'agissait d'un mauvais rêve.

Mais non, il l'avait bien repoussée, et son expression était distante, presque méfiante. Comment l'homme qui l'embrassait avec tant de tendresse un instant auparavant pouvait-il devenir en quelques secondes ce quasi-étranger ?

Elle ravala sa peine et sa frustration dans un dernier sursaut d'orgueil.

— Tu as raison, balbutia-t-elle. Ce n'était pas très indiqué.

— Cela ne se reproduira plus.

— Tu promets ? demanda-t-elle en remettant en place ses boucles blondes.

— Oui, je te promets.

Il baissa la tête, perplexe et inquiet de cette incapacité qu'il avait désormais à se contrôler face à Iona.

Que se passait-il ?

Depuis son départ du domicile familial, douze ans auparavant, il avait géré avec efficacité et détachement ses aventures amoureuses, choisissant ses partenaires sur de stricts critères de beauté et de sensualité, tout en leur faisant bien comprendre dès le départ qu'elles n'avaient rien à espérer de lui dans la durée. Et cela avait fonctionné : dès qu'il sentait qu'elles se mettaient à rêver alliance et pièce montée, il rompait et les oubliait aussitôt.

Mais aujourd'hui, avec Iona, cela ne fonctionnait plus.

Il l'avait désirée dès l'instant où il l'avait aperçue, comme jamais il n'avait désiré aucune femme. Au début, il avait pensé qu'elle répondait parfaitement à ses critères : belle, intelligente, libérée et docile, prête à lui donner ce qu'il voulait sans rien exiger de lui. Il l'avait séduite et ç'avait été… magique.

Si magique qu'il avait transgressé les règles qu'il s'était lui-même fixées, en lui proposant de s'installer chez lui. Et quand elle avait disparu sans même le prévenir, il s'était senti trahi, exactement comme quand son père l'avait banni de la famille, sur la seule foi des propos mensongers de sa belle-mère.

C'était stupide, car il avait bien d'autres chats à fouetter, et autrement plus importants que Iona. Il devait en effet concentrer tous ses efforts pour empêcher son père de détruire sa vie encore une fois en lui enlevant Chloé.

Et, pour parvenir à ses fins, il avait certes besoin de Iona, mais en tant que nounou, pas en tant que maîtresse…

— Tes agents de sécurité doivent être des professionnels de haut vol, déclara Iona, le tirant de ses pensées. Je n'ai rien remarqué !

— C'est l'idée, rétorqua Luke, laconique.

Elle semblait maîtresse d'elle-même, songea-t-il en la regardant à la dérobée. Comme si leur baiser n'avait jamais eu lieu…

— Je détesterais qu'on me surveille, reprit-elle.

— Ce n'est pas toi qu'on surveillera, mais les gens autour de Chloé, précisa-t-il.

Un instant, il songea que, vu ce qui venait de se produire, il aurait été plus raisonnable de chercher une autre nounou pour la petite fille. Mais il était pressé, il voulait quelqu'un de confiance, qui plaise à Chloé : Iona était la femme de la situation.

A lui de faire preuve de plus de sang-froid face à elle, et tout irait très bien.

— J'espère que tu n'as pas l'intention de me faire faux bond ! s'exclama-t-il tout à coup devant son air distant.

— Pourquoi ? Tu le prendrais si mal que ça ?

Son ton teinté d'ironie le fit sortir de ses gonds. Quel jeu jouait-elle avec lui ?

— Un engagement est un engagement, asséna-t-il.

— Me menacerais-tu ? Si je veux travailler pour toi, je le fais. Mais j'ai le droit de changer d'avis, figure-toi.

— Et de laisser ta cousine dans l'embarras ? J'ai cru comprendre que son entreprise battait de l'aile, elle serait sûrement très déçue de perdre un client comme moi…

— En plus, tu fais du chantage ! s'exclama-t-elle en lui jetant un regard noir.

— Je te rappelle juste certains faits, Iona. A toi de prendre tes responsabilités.

Elle réfléchit un instant. A Angie, à Chloé, mais aussi à Luke, et dut admettre l'évidence : même dans ces conditions, elle voulait profiter encore de sa présence.

— Je m'occuperai de Chloé comme je m'y suis engagée, murmura-t-elle enfin. Et je supporterai les gardes du corps, puisque gardes du corps il y a.

Un sourire de satisfaction se dessina sur les lèvres de Luke. Il avait gagné.

— Que dirais-tu d'un petit séjour en montagne quand mes réunions seront terminées ? Les pistes sont ouvertes, et il paraît que le domaine skiable est magnifique. Chloé adore la neige. Tu as l'équipement nécessaire ?

Elle le regarda en ouvrant de grands yeux. Il était vraiment imprévisible… et toujours aussi directif !

— Non, mais…

— Alors achète ce qu'il te faut. A mes frais, bien sûr.

Certainement pas ! songea aussitôt Iona. Elle ne voulait rien lui devoir.

— Ce n'est pas nécessaire, rétorqua-t-elle d'un ton posé. J'emprunterai ses affaires à Angie.

— Elle n'a pas ta sveltesse, fit observer Luke.

Elle leva les yeux vers lui. S'agissait-il d'un compliment déguisé ? Dans ce cas, elle n'appréciait pas cette façon qu'il avait de mélanger les genres…

Elle s'abstint de tout commentaire, et c'est lui qui rompit le silence.

— Je crois que Chloé a tout ce qu'il faut, car j'avais fait part à Neelie de ce projet. Tu pourras vérifier ?

Le même soir, Iona resta un moment sur la terrasse à contempler la mer après avoir couché Chloé. Elle était en train de s'attacher à cette enfant, songea-t-elle avec un pincement au cœur. Comme elle allait lui manquer quand il faudrait la quitter !

Luke devait s'être retiré dans sa chambre, car le salon était vide. Bien installée dans un fauteuil moelleux, elle en profita pour passer un coup de fil à Angie.

Sa cousine accepta aussitôt de lui prêter ses affaires de ski.

— Tu risques de flotter un peu dedans, fit-elle observer, amusée. J'ai pris quelques kilos dernièrement.

— La faute à ta bonne cuisine !

— Non, au stress, rétorqua Angie d'un ton soucieux. Felton m'a appelé hier pour me dire qu'il cessait de me payer la pension des enfants. Et, comme il est en Australie, je n'ai aucun moyen de pression sur lui.

— Quel salaud ! s'écria Iona, révoltée. Ecoute, Angie, dès que cette mission sera finie, je chercherai un poste dans une école maternelle, comme ça, tu pourras réduire tes charges en supprimant un salaire.

— Mais toi, tu seras beaucoup moins bien payée, fit observer Angie.

Iona nota qu'elle n'avait pas rejeté son idée, et se félicita de sa proposition. Avec ce dernier mauvais coup de Felton, Angie devait vraiment être aux abois.

— Je me débrouillerai, assura-t-elle.

— J'apprécie en tout cas que tu aies eu cette idée. J'espère que nous n'en arriverons pas là, pour toi comme pour moi. Tout se passe bien pour toi chez M. Michelakis ?

— Très bien, répondit Iona d'un ton délibérément anodin.

Elle venait de raccrocher quand elle entendit la voix de Luke derrière elle.

— C'est qui, le salaud ? lança-t-il.

Elle se retourna d'un mouvement vif, surprise. Il avait enlevé sa veste de costume : dans sa simple chemise blanche au col ouvert sur son cou puissant, il était plus viril que jamais.

— Tu es coutumier du fait ? rétorqua-t-elle en se forçant à se recentrer sur les sujets importants.

— Quel fait ?

— Tu sais très bien ce que je veux dire ! Ecouter aux portes !

— Je suis entré dans le salon sans savoir que tu t'y trouvais, expliqua-t-il. Rien de plus. Mais je renouvelle ma question ! Qui a la malchance d'être traité ainsi ?

Elle sourit malgré elle.

— Rien de bien neuf sous le soleil, rétorqua-t-elle. Un mari infidèle…

Elle pria pour qu'il ne lui en demande pas plus, car elle n'avait pas envie de lui dévoiler les déboires d'Angie. Fort opportunément, Chloé l'appela dans son sommeil.

Elle se leva aussitôt, autant pour fuir Luke et ses questions que pour s'occuper de Chloé.

*
* *

Le lendemain, la petite fille, souffrante, garda le lit toute la journée. Iona la veilla et réussit à la distraire en lui racontant histoire sur histoire. En fin d'après-midi, la fièvre tomba enfin et elle l'autorisa à s'installer un peu sur la terrasse avec du papier et des crayons.

Elle était en train de dessiner un lion avec application — celui qu'elle venait de voir au zoo, expliqua-t-elle avec sérieux à Iona — quand Luke arriva. Lorsqu'il vit Chloé habillée, souriante et toute rose sous le soleil du soir, un sourire éclaira son visage, prouvant si besoin était à Iona à quel point il était attaché à l'enfant.

Bouleversée, elle le regarda prendre la fillette dans ses bras, la cajoler, puis admirer longuement son dessin. Il était irrésistible en père de substitution, pensa-t-elle, le cœur battant. D'ailleurs, il était irrésistible en toutes circonstances…

Jamais elle n'aurait dû accepter ce poste, se dit-elle. Elle s'attachait chaque jour un peu plus à lui.

— Quand est-ce qu'on part au ski ? demanda Chloé d'une petite voix.

— Quand tu seras vraiment guérie. On va demander son avis au docteur. Et aussi à Iona.

— Elle va beaucoup mieux, précisa Iona. La fièvre est tombée. Demain, tout devrait être rentré dans l'ordre.

— A propos de demain, je rentrerai en début d'après-midi, donc je te libère pour la fin de la journée et la soirée. Tu as sûrement besoin de prendre l'air.

— Merci, répondit Iona.

Elle mit à profit ces vacances inespérées pour aller passer un moment avec Angie et lui réitéra sa proposition. Angie, très inquiète, n'avait toujours rien reçu de Felton. Elles discutèrent du problème, puis Iona demanda à sa cousine si elle pouvait utiliser son ordinateur quelques instants.

Elle revint dix minutes plus tard, l'air soucieux.

— Tu n'as pas l'air satisfait de ce que tu as trouvé ! s'écria Angie, étonnée.

— Non, en effet. Je voulais comprendre pourquoi Luke a été écarté de sa famille.

— Et alors ?

— C'est compliqué. Son père, Aristo Michelakis, le célèbre armateur, prétend qu'il descend d'Hippolyte, le héros de la mythologie grecque. Or Hippolyte était le fils de Thésée, le roi d'Athènes. Phèdre, sa belle-mère, tomba amoureuse de lui mais il la repoussa. Alors, après avoir raconté à Thésée qu'Hippolyte l'avait violée, elle se suicida et Thésée tua son fils en représailles.

— Charmante histoire, fit observer Angie en ouvrant de grands yeux. Quel rapport avec aujourd'hui ?

— Crois-le si tu veux, mais il y a en effet une étrange similitude avec le passé de Luke. Sa mère est morte quand il avait dix-sept ans et son père s'est aussitôt remarié avec sa secrétaire, une femme ambitieuse et sans scrupules. Un an plus tard, elle réussissait à persuader son mari que Luke avait essayé de la séduire. Luke a été chassé de chez lui par son propre père.

Angie ouvrit de grands yeux.

— En effet, le parallèle est troublant, admit-elle. J'espère que de nos jours l'histoire ne se termine pas par deux morts !

— Non, par chance. Luke est bien vivant. Quant à sa belle-mère, elle est toujours là, mais c'est presque pire : elle est tombée dans le coma après une overdose et Aristo a aussitôt demandé le divorce. C'est incroyable, n'est-ce pas ?

— Une vraie tragédie grecque, fit Angie. Plus sérieusement, tu penses que Luke est coupable de ce qu'on lui reproche ?

— Sûrement pas !

— Comment peux-tu en être aussi certaine ? s'étonna Angie. Je croyais que tu le connaissais à peine !

— Je le sens, c'est tout, répondit Iona, mal à l'aise. Je sais que c'est idiot, mais c'est comme ça. Bon, il faut que j'y aille. On part demain matin pour la neige, je t'appelle dès que je rentre.

— O.K. Sois prudente, Iona.

— Je suis toujours prudente, rétorqua Iona.

Mais cette fois, la prudence ne lui suffirait pas. Elle s'était jetée toute seule dans la gueule du loup, et elle ignorait comment tout cela finirait…

6.

Ce fut Luke en personne qui accueillit Iona à son retour. Vêtu d'une chemise aux manches relevées et d'un jean, l'ombre d'une barbe naissante sur le menton, il avait le charme ravageur d'un homme dans tout l'éclat de sa virilité, se dit Iona, troublée comme jamais.

Elle se remémora sa conversation avec Angie et songea qu'il était à peine sorti de l'adolescence quand son père l'avait injustement chassé. Comme il avait dû souffrir ! Luke, et à présent Chloé ! Cet Aristo était un monstre ! Comment pouvait-on traiter ainsi ses enfants ?

— Je m'apprêtais à déguster un champagne millésimé, déclara-t-il. Tu m'accompagnes ?

Iona hésita. Un tête-à-tête avec Luke, devant un magnifique coucher de soleil, ce n'était pas très prudent, mais si tentant !

— Ce ne serait pas raisonnable, balbutia-t-elle enfin d'une voix sourde après un long silence. Je suis fatiguée, et je n'ai pas fini ma valise.

Il la dévisagea avec insistance, comme s'il savait que, avec ses yeux de velours ourlés d'épais cils noirs, un seul de ses regards pouvait la faire flancher. Et il y parvint presque. Déstabilisée, elle était sur le point de lui annoncer qu'elle avait changé d'avis quand, fort heureusement, il rompit le silence.

— Peut-être est-ce peu raisonnable, en effet, enchaîna-t-il d'un ton détaché. J'espère que tu aimes skier… ?

— Oui, mais j'ai un niveau très moyen, et je n'ai pas d'équipement.

— Nous louerons tout sur place.

— Je te rappelle que je vais là-bas pour m'occuper de Chloé, pas pour dévaler les pentes, fit-elle observer.

Il lui répondit par ce sourire dont il avait le secret, et qu'elle adorait pour la fossette qu'il lui creusait sur le menton.

Tout en lui était sensuel, songea-t-elle, même cette fossette pourtant si anodine ! En sa présence, elle sentait surgir en elle des pulsions qu'elle n'avait jamais connues avant lui.

Gavin avait été un amant attentionné, d'une tendresse apaisante, mais l'amour dans les bras de Luke lui avait fait découvrir un autre univers, beaucoup plus excitant, plus dangereux aussi. Avec lui, tout était possible, il n'y avait plus ni pudeur ni interdit : jamais elle ne s'était sentie aussi épanouie en tant que femme.

Luke avait eu des caresses d'une extrême audace, auxquelles elle avait répondu de la même façon, osant des gestes qu'elle n'aurait jamais imaginés jusque-là. Il l'avait entraînée dans un extraordinaire voyage initiatique, où l'élève s'était bientôt révélé aussi doué que le maître.

Mais cette parenthèse enchantée était terminée, et Tahiti, bien loin, désormais. Se donner de nouveau à Luke n'avait pas de sens, conclut-elle avec amertume : elle était si vulnérable face à lui qu'elle ne pourrait qu'être déçue par ce qu'il avait à lui offrir.

— Je vais faire ma valise, déclara-t-elle brutalement, désireuse de rompre ce tête-à-tête de tous les dangers.

Elle passa devant lui pour regagner sa chambre mais il la retint par le bras.

— Si je te proposais un verre, c'était pour célébrer un

important contrat que j'ai signé aujourd'hui avec le Premier ministre et son armée de conseillers, expliqua-t-il d'une voix posée. Un contrat qui profitera autant à ma société qu'à la Nouvelle-Zélande. C'est une bonne raison pour déboucher une bouteille de champagne, non ? Je déteste boire seul et j'aimerais que tu m'accompagnes.

Elle le dévisagea, le cœur battant.

— Est-ce un ordre ?

— Bien sûr que non.

La raison voulait qu'elle refuse. Mais que risquait-elle en partageant une coupe de champagne avec lui ? Rien du tout ! réussit-elle à se convaincre.

— D'accord. Je ne peux pas ne pas trinquer à mon pays, n'est-ce pas ? lança-t-elle d'un ton qu'elle s'efforça de rendre aussi léger que possible.

Dans le salon, il lui servit une coupe et ils portèrent un toast.

— Tu es têtue comme une mule, mais on arrive tout de même à te faire changer d'avis, constata-t-il d'un ton taquin. Tu étais déjà comme ça, enfant ?

Elle prit une gorgée et lui sourit.

— Je crois que j'ai donné du fil à retordre à mes parents, avoua-t-elle. Pour attirer leur attention, comme beaucoup d'enfants livrés à eux-mêmes…

— Tu as raison. Avec Chloé, j'ai découvert à quel point les enfants sont à la fois pleins d'audace, cherchant à savoir jusqu'où ils peuvent défier l'autorité, et en même temps secrètement désireux qu'on leur fixe des règles, fit-il observer, pensif. En la côtoyant, je découvre un univers fascinant dont j'ignorais tout, puisque j'étais enfant unique. C'est magique de voir grandir un enfant !

Quel enthousiasme ! songea Iona, attendrie. Et quelle implication pour tout ce qui touchait à Chloé alors qu'elle n'était même pas sa fille !

— En tout cas, tu as bien géré la situation, déclara-t-elle : Chloé semble parfaitement équilibrée. Ce qui, vu le contexte, n'était pas évident.

— Je n'y suis pas pour grand-chose, c'est sa nature, précisa Luke. Mais c'est vrai que je me suis occupé d'elle pendant une bonne partie de sa première année, ce qui a sans doute contribué à lui donner les repères dont elle avait besoin.

— Tu n'avais pas de nounou ?

— Non. J'avais besoin de faire une pause dans ma vie professionnelle et je voulais pour elle une stabilité affective. Nous nous sommes installés sur l'île que je possède en Grèce, d'où j'ai continué bien sûr à gérer mes affaires. Pour Chloé, j'ai été aidé par quelques habitantes de l'île, des mères et des grands-mères expérimentées. Et nous nous en sommes très bien sortis, tous les deux !

— Chloé a beaucoup de chance de t'avoir, murmura Iona, admirative.

Il leva son verre en direction de la jeune femme.

— Alors, à Chloé ! dit-il. Et à toi aussi, qui me rends un immense service !

Elle leva son verre en retour.

— Il s'agit d'un travail plus que d'un service, fit-elle observer.

— Peut-être mais, pendant que tu vis avec nous, je me sens responsable de toi comme si tu étais un membre de la famille. Je te rappelle que je viens d'une société très patriarcale, ajouta-t-il en la voyant lever un sourcil. J'essaye de veiller à tout pour mes employés, depuis leur congé parental jusqu'à leur retraite.

— En tout cas, tu n'as pas à te préoccuper de ça pour moi, puisque je suis salariée d'une entreprise néo-zélandaise, précisa-t-elle en buvant une gorgée d'un champagne qui, comme tout ce dont s'entourait Luke, était d'un extrême raffinement.

Comment était-il possible qu'il soit en train de parler

retraite avec Iona ? se demanda tout à coup Luke, atterré. C'était absurde ! Quand il l'observait, délicieuse dans sa petite robe qui soulignait ses formes si féminines, il pensait à bien autre chose qu'à son contrat de travail…

— Pourquoi as-tu quitté si brusquement Tahiti ? lui demanda-t-il soudain.

Sous l'effet de la surprise, Iona faillit lâcher sa coupe. Pourquoi cette question ? Quel besoin avait-il de revenir sur cet épisode qu'elle essayait de toutes ses forces d'oublier ?

— Je n'étais pas prête à aller plus loin, avoua-t-elle, en plein désarroi.

« Et aujourd'hui ? » eut-il envie d'ajouter. Mais après quelques secondes de réflexion, il jugea le moment inopportun pour la pousser dans ses retranchements.

— Pourquoi ? répondit-il. A cause de la mort de ton fiancé ?

— Oui, peut-être. Je sortais d'une période très difficile, avec la disparition de Gavin, celle de mes parents, le divorce d'Angie, tout ça dans la même année. J'avais l'impression que tout ce à quoi j'avais toujours cru était en train de s'effondrer… J'ai eu peur, ajouta-t-elle. Rester, c'était au-dessus de mes forces.

Elle semblait encore si fragile, si vulnérable, songea tout à coup Luke. Il refréna une envie irrépressible de la serrer dans ses bras pour la réconforter comme on console un enfant. C'est précisément parce qu'il savait qu'elle ne pouvait pas lui résister qu'il s'abstint. Au-delà de l'indéniable attirance qui les poussait l'un vers l'autre, il voulait la percer à jour, comprendre pourquoi elle pouvait rester si distante tout en s'offrant à lui avec une impudeur bouleversante.

Etait-ce le souvenir de son fiancé qui la paralysait ? Et dans ce cas, comment un homme pourrait-il jamais faire le poids face à un héros disparu dans des circonstances si tragiques ?

Il se remémora tout à coup la conversation téléphonique qu'il venait d'avoir avec Neelie, mais décida de ne pas en informer Iona. C'était trop tôt. Avant de lui faire la moindre proposition, il voulait s'assurer qu'il était capable de contrôler le désir qu'il avait d'elle. Dans le cas contraire, il en tirerait les conséquences.

— Je ne savais pas que tu avais vécu toutes ces épreuves en un temps si court, murmura-t-il. Je suis désolé…

Brusquement, elle releva la tête, et son regard transparent vibra d'un éclat extraordinaire.

— Même si c'est difficile, il faut que je te dise quelque chose. Tu m'as donné beaucoup à Tahiti, articula-t-elle avec peine. Tu m'as tirée de la léthargie dans laquelle j'étais plongée depuis la mort de Gavin.

Elle rougit et s'interrompit quelques instants, trop émue pour continuer.

— Et je ne parle pas que du sexe, ajouta-t-elle d'une voix à peine audible. Grâce à toi, j'ai compris que je pouvais de nouveau échanger, avoir des sensations, y prendre du plaisir, y répondre… Pour tout ça, je te remercie…

Luke dissimula l'émotion que suscitait en lui cet aveu. Iona restait encore un mystère, mais un coin du voile s'était soudain levé.

En haut des pistes, le lodge offrait une vue majestueuse sur les montagnes alentour. Avec son vaste salon et ses cinq chambres, il était beaucoup trop grand pour eux trois, songea Iona, mais Luke ne sembla même pas le remarquer. Pour lui, rien n'était trop beau, rien n'était trop grand…

Le décorateur avait privilégié les matières naturelles, bois brut des poutres apparentes et des lambris, laine de l'épais tapis devant la vaste cheminée en pierre, et une impression de confort douillet et de discret raffinement se dégageait des lieux.

Les chambres étaient à l'étage : Luke s'installa à un bout du couloir, Iona, à l'autre, et Chloé, entre les deux.

Le garde du corps qui assurait leur surveillance se nommait Iakobos. C'était un jeune Grec aux yeux bleus et à l'impressionnante carrure qui taquina gentiment Chloé quand il la retrouva.

— Dites donc, ma belle, tu as grandi depuis la dernière fois ! s'exclama-t-il en lui pinçant la joue.

Chloé lui sourit d'un air ravi, et Iakobos reprit aussitôt son sérieux en voyant Luke arriver, puis s'éclipsa.

— Tout va bien ? lança Luke. J'ai quelques infos pour vous, mesdames ! Chloé va commencer ses cours demain matin, sous ta surveillance, Iona. Et ensuite, tandis que Iakobos restera au chalet avec elle pendant la sieste, tu pourras faire du ski à ton rythme. Bon, je vous laisse, j'ai une visioconférence…

Même en vacances, il continuait à travailler, songea Iona. Ce qui n'avait rien d'étonnant pour un homme à son niveau de responsabilités…

— On va dehors, Iona ? demanda Chloé. Je voudrais faire des boules de neige.

— D'accord. Viens, d'abord, on s'équipe !

Dix minutes plus tard, elles sortaient du chalet sous un soleil radieux.

— Alors, Chloé, tu m'attaques ? lança une voix virile.

Iona se retourna et aperçut Iakobos. Dans sa combinaison noire, avec ses cheveux blonds qui brillaient au soleil, il avait fière allure.

Il se mit à jouer avec la petite fille, qui, aux anges, le poursuivait maladroitement. Il cria, fit semblant de tomber, et riposta en lui envoyant une boule de neige.

— On dirait que vous vous êtes occupé d'enfants toute votre vie ! fit observer Iona, amusée.

— Je suis l'aîné de six, ça aide ! rétorqua-t-il.

— Si j'étais vous, je me méfierais, conseilla Iona d'un ton taquin. Je crois que quelqu'un s'apprête à vous attaquer par-derrière. Vous voyez de qui je parle ?

Il fit volte-face et se trouva nez à nez avec Chloé. La fillette, ravie, poussa un petit cri d'excitation quand Iakobos la prit dans ses bras. Et, quand il la fit tournoyer dans les airs, ce fut l'extase.

— Miss Guthrie, je…

— Appelez-moi Iona, voyons !

Elle le vit se figer tout à coup et poser la petite fille à terre. Puis elle comprit en se retournant pourquoi il s'était calmé aussi vite.

Luke, vêtu d'un élégant anorak au col de fourrure, observait la scène d'un air peu amène.

Il s'approcha de Chloé et tâta ses gants.

— Ils sont mouillés, constata-t-il d'un ton coupant. Elle va prendre froid.

— J'ai pas froid, Luke ! Et on s'amuse bien avec Iakobos ! Je lui ai lancé plein de boules…

Le sourire de Chloé sembla dissiper quelque peu sa mauvaise humeur.

— Bien, fit-il, plus détendu. Mais je préfère que tu rentres te réchauffer à l'intérieur. Tu pourras recommencer demain, ajouta-t-il devant son air déçu.

Iona ramena Chloé vers le chalet en s'interrogeant sur la réaction de Luke.

Pourquoi cette expression hostile, ce ton lapidaire ?

Avait-il eu un problème pendant sa visioconférence ? Un de ses collaborateurs l'avait-il mis de mauvaise humeur ? Elle ne comprenait pas ce qui avait pu lui déplaire dans cette innocente bataille de boules de neige…

Elle resta un long moment devant le feu, pensive. Chloé jouait dans sa chambre, Iakobos s'était évanoui dans la nature, et Luke conversait avec ses interlocuteurs devant son ordinateur.

Soudain, elle se sentit très seule. Elle vivait sous le toit de Luke, mais, quoiqu'il en dise, elle était une étrangère pour lui, une simple employée, et elle ne serait jamais rien de plus.

Comment compterait-elle jamais pour celui qui était à la fois un chef d'entreprise globe-trotter, un père de substitution pour Chloé, un homme en rupture avec sa famille qui avait réussi seul et, surtout, un séducteur qui avait toutes les femmes à ses pieds ?

Elle comprit alors, affolée, qu'il avait pris une place prépondérante dans sa vie, et que la violente attirance qu'elle avait éprouvée pour lui au premier coup d'œil et qui l'avait poussée à devenir sa maîtresse quelques heures plus tard s'était peu à peu muée en un sentiment plus profond, bien plus dangereux.

En fait, elle était désespérément amoureuse de lui, conclut-elle, accablée par cette révélation.

Le retrouver de façon si surprenante à Auckland avait achevé de la déstabiliser car, malgré le temps écoulé, elle n'avait cessé de penser à leur aventure torride à Tahiti. Elle s'était caché la vérité en voulant croire que, une fois la surprise passée, elle reprendrait le contrôle d'elle-même, mais il n'en avait rien été. Plus elle côtoyait Luke, plus elle découvrait de nouvelles facettes de sa fascinante personnalité, plus il lui était cher.

Non seulement elle l'aimait, mais au fond d'elle-même, comme une adolescente de quinze ans, elle rêvait qu'un jour peut-être il l'épouserait, qu'il deviendrait le père de ses enfants !

Quelle absurdité ! Luke vivait dans un autre monde que le sien, il n'était pas homme à se ranger, à jurer fidélité à une épouse pour le restant de ses jours, à mener une vie de bon père de famille.

Elle devait revenir sur terre et accepter la triste réalité. Rien ne serait jamais possible avec Luke, à part une liaison, qui lui apporterait certes un bonheur fugitif, mais la laisserait désespérée quand elle prendrait fin.

Il fallait donc s'interdire ces divagations, conclut-elle en luttant contre l'atroce sentiment de solitude qui l'envahissait.

Heureusement, il y avait la petite Chloé, qui avait besoin d'elle, pensa-t-elle en se levant. Tant qu'elle l'avait en charge, elle ne pouvait pas s'apitoyer sur elle-même. Après, ce serait une autre histoire…

Epuisée par ses jeux dans la neige, Chloé alla se coucher très tôt. Quant à Iona, elle tenta d'oublier son mal-être en se plongeant dans un livre, devant la cheminée.

— Je ne dîne pas ici ce soir, annonça Luke en faisant irruption dans la pièce. Tout est prévu pour toi dans la cuisine.

Elle ne l'avait pas revu depuis son étrange accès de mauvaise humeur, et constata qu'il semblait à peine déridé.

— Très bien, monsieur, répondit-elle sans lever les yeux de son livre.

— Comment m'as-tu appelé ? lança-t-il.

— Monsieur. C'est ainsi que Iakobos s'est adressé à toi, je suis son exemple, expliqua-t-elle d'un air détaché.

— J'ai l'impression que Iakobos produit une forte impression sur toi, dit-il d'un ton abrupt. Je te rappelle que tu n'es pas là pour flirter avec l'agent de sécurité, mais pour t'occuper de Chloé.

D'un coup sec, Iona posa son livre sur la table basse.

— Flirter ? Parce que j'ai bavardé avec lui ? Pauvre Chloé ! Ce sera difficile pour elle quand elle commencera à s'intéresser aux garçons si tu en es encore là !

Il la toisa d'un air courroucé.

— Laisse Chloé en dehors de ceci, je te prie, décréta-t-il. Je sais très bien comment tu te comportes avec les hommes, Iona. Je t'ai vue à l'œuvre à Tahiti ! Ton déhanchement, ton sourire, tes regards : ton langage explicitement sensuel n'a aucun besoin des mots…

Il semblait exaspéré, mais au son rauque de sa voix, à l'éclat qui s'alluma soudain dans ses yeux noirs, Iona eut la confirmation de ce qu'elle savait : il ne l'aimerait peut-être jamais, mais il la désirait toujours…

Et elle aussi, se dit-elle en sentant son sang s'accélérer dans ses veines.

Elle aurait tout donné pour céder sans plus réfléchir à l'élan qui la poussait vers lui. Connaître le plaisir encore une fois dans ses bras, s'offrir à lui comme jamais elle ne s'offrirait plus à aucun autre homme, était-ce donc impossible ?

La gorge nouée par le désespoir et la frustration, elle inspira profondément pour maîtriser son désarroi.

Si elle avait un tant soit peu d'orgueil, si elle voulait préserver l'image qu'elle avait d'elle-même, elle devait se ressaisir.

— Tu n'es pas d'accord ? reprit-il en lui effleurant la nuque d'un doigt léger.

Elle se figea, bouleversée. Il savait qu'elle était incapable de lui résister, pensa-t-elle. Et il en jouait sans vergogne, la soumettant à une cruelle tentation, certain qu'elle allait finir dans ses bras.

Eh bien, il se trompait ! pensa-t-elle. Rassemblant ce qui lui restait de forces, elle recula d'un pas et s'obligea à le regarder droit dans les yeux.

— Non. Peut-être n'ai-je pas comme toi une grande expérience en matière de sexe, mais ce qui est passé est passé, déclara-t-elle d'une voix qui par miracle ne tremblait pas.

— Et le présent, qu'en fais-tu ? rétorqua-t-il aussitôt.

Elle se redressa de toute sa taille.

— Je ne laisse pas le passé rattraper le présent, affirma-t-elle, lapidaire.

— Et comment fais-tu ? Si tu as une recette, donne-la-moi ! Tu sais très bien que le passé ne nous quitte jamais, Iona, reprit-il d'un ton pénétré. Nous sommes imprégnés par ce que nous avons vécu, notre expérience nous façonne, nos souvenirs nous nourrissent… Tu ne me crois pas ? Eh bien, tu vas voir !

Brusquement, il se pencha vers elle et lui effleura les lèvres d'un baiser. Il la sentit frémir, mais elle n'eut même pas le temps de réagir : déjà il s'était écarté, la laissant pantelante d'émotion.

Puis il recula d'un pas et lui lança un regard sans concession.

— Ne me dis pas que tu as oublié nos nuits à Tahiti, asséna-t-il d'une voix dure. Si tu es tellement sur la défensive avec moi, c'est parce que tu t'en souviens trop bien, dans les moindres détails, que ton corps a gardé l'empreinte de chacune de mes caresses, chacun de mes baisers ! Aurais-tu l'audace de le nier ?

Elle se raidit, au supplice.

— Ce n'est pas une raison pour recommencer, rétorqua-t-elle d'une voix à peine audible.

— Alors je te souhaite bien du courage pour affronter tes contradictions, asséna-t-il. Je préfère être à ma place qu'à la tienne.

Puis il quitta la pièce sans ajouter un mot.

Iona demeura longtemps prostrée au milieu du salon. Dans l'âtre, les braises se consumaient lentement et elle les regarda sans les voir pendant de longues minutes.

Elle l'aimait, pensa-t-elle avec désespoir.

Chaque fois qu'il la touchait, qu'il la regardait, le feu qui brûlait en elle, telles ces braises rougeoyantes, s'embrasait comme un fagot de paille, lui faisant perdre tous ses moyens. Elle ne vivait plus que par lui : c'était presque effrayant, voire avilissant, de réaliser le pouvoir qu'il avait désormais sur elle.

Comment allait-elle gérer la situation ?

7.

Elle se mit au lit, déchirée entre la conviction qu'elle l'aimait pour toujours d'un amour absolu, impérieux, et la certitude qu'il n'y répondrait jamais.

Elle se réveilla à l'aube, le cœur battant. Pour la première fois depuis son retour de Tahiti, elle avait rêvé de Gavin. Mais cette fois il ne s'agissait pas du cauchemar atroce qui l'avait poursuivie pendant tant de nuits, où elle le revoyait rassembler ses dernières forces pour la pousser sur les rochers, avant d'être emporté par les vagues et de disparaître à jamais.

Dans son rêve, Gavin était souriant, à la barre de son bateau, éternel jeune homme heureux de voguer sur la mer, réconcilié à jamais avec les flots apaisés.

Tout était si confus dans son esprit depuis la veille qu'elle renonça à décrypter la signification de ce rêve, à supposer qu'il en ait une.

Elle se leva et se dirigea vers la fenêtre. Le jour se levait. Ce qu'on annonçait comme une des dernières chutes de neige de l'hiver avait recouvert les montagnes d'un grand tapis blanc qui dissimulait presque les chaos rocheux, vestiges d'anciennes éruptions volcaniques.

Encore dans la brume, le mont Ruapehu se dressait à l'horizon, aussi menaçant que dans la légende maorie dont il était le héros maléfique. Il était encore en activité, avait déjà tué dans le passé et tuerait encore. Iona frissonna, prise d'une soudaine angoisse devant sa masse grise, puis se détourna de la fenêtre et se dirigea vers la salle de bains.

Il était temps de se préparer et d'aller retrouver Chloé.

Elles étaient en train de prendre leur petit déjeuner quand Luke les rejoignit.

Il se pencha pour déposer un rapide baiser sur la joue de Chloé, puis se tourna vers Iona. Il était rasé de frais ; ses cheveux encore humides après la douche, plaqués en arrière, dégageaient son haut front et mettaient en valeur ses traits nobles. Il était l'incarnation parfaite de la beauté virile, pensa-t-elle, troublée.

— Bonjour, lança-t-il d'un ton détaché sans qu'elle parvienne à analyser l'expression de son visage. Je vais faire de l'héliski cet après-midi, mais je vous accompagnerai d'abord au cours de Chloé, annonça-t-il. Vous pouvez être prêtes dans une demi-heure ?

Iona acquiesça de la tête. Avait-elle le choix ? De toute façon, il était son patron, ses désirs étaient des ordres, et elle n'avait qu'à obtempérer. Jamais elle ne devait perdre de vue qu'elle n'était pas son invitée, mais son employée.

Quand ils se retrouvèrent équipés de pied en cap à l'heure dite, Iona songea qu'il était probablement imprudent de faire du hors-piste alors qu'il venait de neiger, mais garda ses inquiétudes pour elle. Luke savait ce qu'il faisait, et de toute façon il n'aurait pas pris en compte ses remarques.

Il portait une combinaison noire près du corps qui accentuait l'impression de puissance et de raffinement qui se dégageait de toute sa personne. Elle devait faire piètre figure à côté de lui, dans ses vêtements trop grands aux couleurs criardes prêtés par Angie.

Chloé, elle, était à croquer dans son ensemble rouge vif et son bonnet qui lui donnait l'air espiègle d'un lutin. Quelle adorable petite fille ! Une petite fille à laquelle elle était en train de s'attacher beaucoup trop, sachant qu'elle la quitterait pour toujours dans quelques semaines, songea-t-elle. Elle devait absolument garder ses distances…

Luke les escorta jusqu'à la piste rouge, bavarda quelques minutes avec le professeur et s'éloigna, les laissant sous la garde discrète de Iakobos. Iona le regarda s'éloigner avec un pincement au cœur. Pourvu qu'il ne lui arrive rien…

Chloé se révéla une élève particulièrement douée et rougit de plaisir quand le professeur la félicita à l'issue de sa première leçon. Puis elles déjeunèrent à une terrasse de café ensoleillée en compagnie de Iakobos, avant de regagner le chalet.

C'était l'heure de la sieste. La maison était plongée dans un profond silence et Iona savoura ce moment de paix dont elle avait bien besoin. Elle prit le temps de bavarder avec Angie au téléphone et la rassura : tout allait bien, affirma-t-elle sans souffler mot de son désarroi.

Dehors, le ciel se couvrait de nuages bas et elle s'imagina Luke perdu en haut des cimes, cherchant son chemin dans le brouillard, incapable de rentrer.

Alors elle se leva, déterminée à ne pas se laisser envahir par l'angoisse. L'histoire ne se répétait pas, pensa-t-elle. La mer avait pris Gavin, la montagne ne prendrait pas Luke…

Deux heures plus tard, elle aidait Chloé à faire un puzzle en tentant de contrôler son inquiétude quand il arriva.

Une joie intense l'envahit, si intense qu'elle en resta pétrifiée. Sans lui, la vie n'avait donc pas de sens ? songea-t-elle, effrayée. S'il était devenu son unique raison de vivre, comment ferait-elle après, quand elle le quitterait pour toujours au retour de Neelie ?

Chloé se précipita dans les bras de Luke et se lança avec lui dans une grande conversation en grec.

— Parle en anglais, chérie, tu sais bien que Iona ne comprend pas le grec. De quel zoo s'agit-il ?

— Un minizoo, à côté. Il y a même des chèvres et des lapins ! annonça-t-elle fièrement comme s'il s'agissait de spécimens exotiques.

Iona et Luke échangèrent un sourire attendri.

— C'est vrai ? Et des poules ? renchérit Luke d'un ton grave.

— Oui, même des poules, confirma Chloé avec sérieux.

— Alors, s'il y a des poules, il faut y aller, décréta Luke, péremptoire. Je suis retenu par une séance de visioconférence, mais je suis sûr que Iakobos sera ravi de vous accompagner…

Le minizoo était en réalité une ferme miniature, tout à fait adaptée au jeune âge de Chloé. Elle fut particulièrement impressionnée par les longues oreilles de l'âne et par la couvée de dix poussins.

Une dame d'un certain âge s'approcha tout à coup de Iona.

— Vous avez une petite fille charmante, dit-elle avec un sourire attendri.

Iona s'apprêtait à répondre quand Iakobos la devança.

— N'est-ce pas ? rétorqua-t-il. Nous la trouvons parfaite, mais bien sûr nous ne sommes pas très objectifs !

La dame s'éloigna, amusée, tandis que Iona fronçait les sourcils. Iakobos avait un étrange sens de l'humour, songea-t-elle… Pourquoi avait-il abondé dans le sens de cette femme au lieu de la détromper ?

Elle regarda sa montre.

— Si nous ne voulons pas être rentrés trop tard, nous devrions partir maintenant, déclara-t-elle. On y va, Chloé ?

Hypnotisée par le spectacle de la poule et ses poussins, la petite fille eut une moue déçue. A cet instant, elle ressemblait comme deux gouttes d'eau à Luke quand il était contrarié, nota Iona, amusée. Puis elle finit par hocher la tête d'un air résigné et prit sans enthousiasme la main que lui tendait Iona.

— Les gens engagent facilement la conversation, dans votre pays, constata Iakobos en leur ouvrant la portière.

— Oui, en général, ils sont plutôt aimables, confirma Iona sans rebondir sur le sujet.

Que lui aurait-elle dit ? Qu'elle avait trouvé sa réaction absurde ? Mieux valait se taire, en effet…

Dans la voiture, Chloé se mit à pleurnicher, ce qui ne lui ressemblait pas. Etait-ce la fatigue ? La déception d'avoir quitté le zoo ? Iona la prit dans ses bras sans parvenir à la calmer.

En les accueillant, Luke s'aperçut tout de suite que quelque chose n'allait pas.

— Il lui est arrivé quelque chose ? demanda-t-il à Iona.

— Pas que je sache. A mon avis, elle est seulement très fatiguée après cette première séance de ski.

A cet instant, Chloé renifla.

— Je suis pas la petite fille de Iakobos ! lança-t-elle d'une voix plaintive. Celui qui s'occupe de moi, c'est Luke !

Luke fronça les sourcils, choqué, mais s'interdit de réagir devant la fillette. Ce n'était que partie remise : il se réservait de demander des explications à Iona quand elle aurait mis Chloé au lit.

— Tu as raison, ma chérie, affirma-t-il simplement d'un ton rassurant. C'est moi qui m'occupe de toi…

Une fois la petite fille nourrie, douchée et couchée, Iona alla retrouver Luke dans le salon.

Il rentra tout de suite dans le vif du sujet.

— Qu'est-ce que c'est que cette histoire avec Iakobos ? demanda-t-il à Iona d'un ton coupant.

— Je ne me rendais pas compte qu'elle avait entendu, balbutia Iona, mal à l'aise.

Puis elle raconta l'incident à Luke.

— Disons que Iakobos a en effet un étrange sens de l'humour, et restons-en là. C'est préférable pour tout le monde, et surtout pour Chloé, conclut-il après un silence.

— En tout cas, sa réflexion m'a prise de court, avoua Iona. Si j'avais su que Chloé avait entendu, j'aurais tout de suite…

— Tu n'as pas à t'en vouloir, Iona. Si elle revient sur le sujet, nous lui expliquerons que c'était une plaisanterie, elle comprendra. Elle devine déjà, sans que je lui en aie vraiment parlé, que sa situation familiale est compliquée.

— Je ne suis pas étonnée, murmura Iona. Les enfants perçoivent tout, et comprennent beaucoup plus qu'on ne l'imagine.

Il y eut un silence.

A quoi pensait Luke ? s'interrogea Iona. A ce père indigne qu'il avait été obligé de remplacer auprès de Chloé ? A la réaction de celle-ci quand, plus grande, elle apprendrait les faits dans toute leur cruauté ?

— J'ai une proposition à te faire, déclara-t-il soudain.

Son ton était grave, son expression, concentrée. Iona le dévisagea, étonnée. Qu'allait-il encore lui annoncer ?

— Je voudrais que tu m'épouses.

Elle retint son souffle, stupéfaite. C'était absurde ! Une mauvaise plaisanterie, peut-être ? Non, elle ne croyait pas Luke capable d'une telle faute de goût, et son air sérieux démentait une telle hypothèse. Or elle savait pertinemment qu'il n'y avait rien de sentimental dans sa démarche.

Alors qu'est-ce que cela cachait ?

— Pourquoi ? demanda-t-elle d'une voix sans timbre.

Avec un calme olympien, il servit deux verres de vin blanc, ce bourgogne qu'elle avait tant apprécié à Tahiti.

— Et bien, il y a plusieurs raisons, commença-t-il en lui tendant son verre. D'abord, le fait que Neelie m'a appelé pour me dire que l'état de sa mère ne s'est pas amélioré, que cela peut durer longtemps et qu'elle ne veut pas la quitter.

Iona reprit son souffle. Il ne s'agissait donc pas d'une plaisanterie. Ni, bien sûr, d'un soudain élan amoureux, pensa-t-elle en comprenant avec amertume que, jusqu'au dernier moment, elle avait espéré l'impossible. Il avait besoin d'elle, tout simplement. En fait, il lui demandait un service et, malgré sa peine, elle s'efforcerait de lui répondre sur le même registre.

— Tu peux trouver des femmes très compétentes pour la remplacer sans pour autant leur demander de t'épouser, fit-elle observer d'un ton détaché. Angie en a une bonne douzaine à ta disposition.

Elle songea tout à coup à l'absurdité de la situation : elle était en train de discuter avec Luke d'une proposition de mariage comme s'il s'agissait d'un vulgaire contrat commercial !

Il prit une longue gorgée, les yeux dans le vague.

— Il y a autre chose, commença-t-il.

Cela, elle s'en doutait ! songea Iona avec un cynisme désabusé. Qu'avait-il donc concocté encore pour en arriver à cette absurde idée de mariage ?

— Je viens de recevoir un courrier de mon avocat, qui m'informe que mon père veut me poursuivre en justice pour obtenir la garde de Chloé, expliqua-t-il d'une voix tendue.

C'était une mauvaise nouvelle, conclut Iona, inquiète pour la petite fille. Une très mauvaise nouvelle : cet homme devait être prêt à tout.

— Pourquoi maintenant ? demanda-t-elle.

— Jusque-là, il ne voulait pas croire sa maîtresse quand elle lui affirmait que cet enfant était le sien, car elle lui était infidèle. Mais aujourd'hui il veut la récupérer.

— C'est insensé ! Il ne peut pas te la reprendre après s'en être complètement désintéressé ! Vous ne pouvez pas trouver une solution qui vous satisfasse tous les deux ?

— Non. Il ne le souhaite pas plus que moi.

— Peut-être devriez-vous vous montrer raisonnables

et accepter que la justice vous départage si vous n'arrivez pas à vous mettre d'accord…

— Il n'est pas question que mon père la récupère, même pour une journée, et je vais t'expliquer pourquoi ! lança-t-il, poussé à bout. Pour lui, Chloé n'est qu'un moyen de me faire la guerre, il se fiche d'elle comme de l'an quarante. Je suis sûr qu'elle serait très malheureuse chez lui, même de façon temporaire. Et il n'est pas prêt à rendre les armes, tu peux me croire ! Il reste convaincu que ma belle-mère lui a dit la vérité quand elle m'a accusé d'avoir essayé de la séduire. Cette histoire est arrivée à point nommé pour lui, elle lui a donné une excuse pour me chasser.

— Vous ne vous entendiez pas ?

— Nous ne nous sommes jamais entendus, constata-t-il, lapidaire. C'est un tyran domestique qui voulait tout décider pour moi, qui ne cessait de me rabaisser, de me dire que je n'arriverais jamais à rien. J'étais jeune, un peu tête brûlée, c'est vrai, mais il a tout fait pour me pousser à bout. Peut-être était-il jaloux…

Il releva brusquement la tête et darda un regard aigu sur Iona.

— Tu ne me crois pas coupable, n'est-ce pas ? demanda-t-il d'une voix sourde.

— Bien sûr que non, affirma-t-elle, étonnée qu'il ait pu en douter.

— Pourquoi en es-tu si sûre ? reprit-il, presque soupçonneux.

Elle comprit que son agressivité cachait un réel besoin d'être rassuré.

— Parce que je le sais, parce que je le sens, confirma-t-elle, les traits marqués par l'émotion. Parce que ton attitude avec Chloé plaide en ta faveur.

Il releva les sourcils d'un air surpris, et elle se troubla. Comment lui expliquer qu'après ce qu'elle avait partagé avec lui elle avait foi en lui ?

— Je sais, c'est peut-être idiot, mais c'est comme ça, balbutia-t-elle. Et, même si notre histoire n'a pas duré très longtemps, tu t'es toujours montré parfaitement honnête avec moi. Cela dit, ta réaction me semble exagérée, reprit-elle. Tu n'as pas besoin d'être marié pour prouver à un juge que tu peux t'occuper de Chloé. Car c'est bien de ça qu'il s'agit, n'est-ce pas ?

Luke resta un moment silencieux. Cette idée lui avait d'abord paru absurde. Puis, au fur et à mesure qu'il en mesurait les avantages et les inconvénients, il avait fini par se convaincre que, bien que saugrenue, elle était la bonne.

Son avocat le lui avait confirmé. Un juge serait beaucoup plus tenté de lui attribuer la garde s'il était marié. Et, dans le cas présent, non seulement Chloé était habituée à Iona, mais elle l'adorait ! Il ne se gênerait pas pour en faire état au tribunal si besoin était…

— Oui, c'est de ça qu'il s'agit, confirma-t-il. Et je te remercie de m'accorder ta confiance. Après toutes les accusations dont j'ai été l'objet plus jeune, c'est très important pour moi de savoir qu'on peut croire en moi.

Cet aveu bouleversa Iona. Pour la première fois, Luke admettait sa propre vulnérabilité, cassant son image de macho invincible.

— Dans quelles circonstances as-tu été amené à adopter Chloé ? murmura-t-elle.

— C'est sa mère, la maîtresse de mon père, qui m'a contacté. Elle était enceinte et espérait faire pression sur mon père pour obtenir de l'argent. Elle n'avait pas prévu qu'il refuserait de reconnaître sa paternité. Du coup, avoir cet enfant n'avait plus aucun intérêt pour elle, mais elle ne voulait pas avorter pour autant. C'est pourquoi, en quelque sorte, elle m'a cédé ce bébé dont personne ne voulait. Cédé contre une jolie petite somme, dois-je préciser…

Iona ouvrit de grands yeux horrifiés.

— Tu veux dire… qu'elle t'a vendu son enfant ? s'exclama-t-elle, révoltée.

— Exactement. C'est à cette condition qu'elle a accepté de signer les papiers pour me permettre de l'adopter. Entre temps, je m'étais bien sûr assuré qu'elle ne mentait pas et que Chloé était en effet ma demi-sœur.

— Tu pousses très loin l'amour fraternel, c'est le moins que l'on puisse dire, murmura-t-elle comme si elle se parlait à elle-même.

— Tu connais mes origines… Les Grecs sont encore très traditionnels, expliqua-t-il, et chez nous le sens de la famille est très fort. Il n'était pas question pour moi de laisser quelqu'un de mon sang partir à l'orphelinat.

— Comment ton père a-t-il su que tu avais récupéré l'enfant de sa maîtresse ?

— C'est elle qui l'a mis au courant. Je lui avais versé une somme rondelette qui aurait dû la mettre pour longtemps à l'abri du besoin, mais elle a tout dépensé en voyages de luxe et chez les grands couturiers. Et, une fois sans le sou, elle est allée voir mon père et lui a monnayé ses informations. Toujours est-il qu'aujourd'hui il sait tout.

— Et il la croit, cette fois ?

— Je pense qu'elle a dû se procurer le test ADN que j'avais demandé, pour lui prouver qu'elle disait vrai.

Iona réfléchit un moment.

— Tu l'as adoptée ! s'exclama-t-elle. Que peut-il faire ?

— Il peut arriver à ses fins, je le crains : d'une part, il est son père biologique, et d'autre part il a suffisamment de relations pour faire pression sur la justice s'il instruit le dossier en Grèce. Hélas, chez nous, la corruption est endémique…

— C'est scandaleux ! balbutia Iona, révoltée.

— Je suis ravi de ta réaction, constata-t-il. Donc je lance les formalités pour un mariage le plus rapide possible ?

Que faire ? songea Iona, affolée. Elle était prise dans

un terrible étau : refuser d'épouser l'homme de sa vie parce qu'il ne l'aimerait jamais, c'était faire le malheur d'une enfant innocente !

— Mais…

— Pour avoir une chance face à un juge, je dois prouver que je suis capable d'offrir une vie de famille stable à Chloé, donc que je suis marié, coupa-t-il. Et pas avec n'importe qui, avec toi !

Elle lui jeta un regard perplexe.

— Oui, toi ! insista-t-il. Parce que tu la connais, que tu l'aimes, et qu'un juge ne pourra que t'apprécier. En quelques jours, tu lui as déjà tant donné ! Ta jeunesse, ta vitalité, tes compétences d'éducatrice ! Au tribunal, tout ça ferait merveille !

Et moi ? songea alors Iona, en plein désarroi. Que fais-tu de moi ?

— Il est évident que je m'assurerai aussi du bien-être d'Angie et de ses fils, à présent qu'ils n'ont plus de père, ajouta-t-il. Je sais toute l'importance qu'ils ont pour toi.

— N'essaye pas de faire pression sur moi en te servant d'Angie ! rétorqua-t-elle, choquée.

Un étrange sourire se dessina sur ses lèvres sensuelles, et Iona se sentit faiblir.

— Si je voulais faire pression sur toi, j'essaierais la séduction, murmura-t-il d'une voix sourde. Et j'aurais peut-être mes chances… Mais je me refuse à me lancer dans ce genre de stratégie, reprit-il avec fermeté. L'enjeu est trop grave pour que je ne sois pas parfaitement honnête avec toi. L'avenir de Chloé dépend de notre capacité à travailler ensemble en toute transparence.

Travailler… Le mot était lâché.

Pour lui, mariage ou pas, il ne s'agissait entre eux, encore et toujours, que d'une relation professionnelle…

8.

— Et si je refuse ? hasarda-t-elle d'une voix blanche.

— J'userai de tous les moyens pour te persuader, répliqua-t-il avec fermeté. Pourquoi est-ce si difficile de dire oui, Iona ? Nous sommes bien ensemble, non ? Je n'ai jamais été aussi bien avec une femme qu'avec toi. N'est-ce pas la même chose pour toi ?

— Si, s'entendit-elle répondre dans un souffle.

Elle était en train de fléchir, elle s'en rendait bien compte. Dans un dernier sursaut de lucidité, elle essaya de peser le pour et le contre, son propre équilibre contre le bonheur de Chloé, mais aussi la solitude, atroce, contre quelques mois encore aux côtés de Luke…

— Combien de temps devrons-nous rester mariés ? demanda-t-elle d'une voix à peine audible.

— Aussi longtemps que tu le voudras.

— Mais, Luke, ça ne peut pas marcher ! On se connaît à peine…

Il s'approcha tant qu'elle sentit son souffle lui caresser la joue, qu'elle respira son parfum viril si familier.

— Parce que tu penses que, quand on passe les nuits dans les bras l'un de l'autre, qu'on fait l'amour avec une telle perfection que c'en est presque magique, qu'on partage la même envie de défendre une petite fille en danger, on ne se connaît pas ? Je ne te laisserai pas dire une chose pareille, Iona !

Elle fit une dernière tentative pour le mettre devant

ses contradictions — afin, elle en avait parfaitement conscience, d'éviter de faire face aux siennes.

— Tahiti, c'était une aventure merveilleuse, mais sans lendemain, et nous le savions tous les deux, lui rappela-t-elle. D'ailleurs, quand je suis partie, tu n'as pas cherché à reprendre contact avec moi.

Le regard de Luke se troubla.

— C'est vrai, mais le jour de ton départ j'ai dû affronter une attaque de mon père particulièrement déloyale et surtout une suspicion de méningite chez Chloé, qui a été hospitalisée en urgence. Et après… j'ai cru que tu n'avais pas encore fait le deuil de ton fiancé. Mais pas un instant je n'ai pensé qu'il s'agissait d'une vulgaire aventure de vacances !

Elle accusa le coup. Elle ignorait tout cela…

— Pour autant, tu n'as jamais imaginé de t'engager avec moi ou avec une autre…

— Peut-être, mais souviens-toi que je t'ai proposé de t'installer chez moi pour quelque temps. Ce n'était pas seulement parce que je ne pouvais pas me passer de toi, mais aussi pour apprendre à te connaître. Tu n'as pas voulu.

Il lui glissa un bras autour de la taille et la serra contre son large torse.

— Je croyais que tu t'étais interdit de jouer de ta séduction, balbutia-t-elle, affolée.

Il s'écarta un instant et plongea son regard dans ses yeux émeraude, comme s'il voulait lire au plus profond de son âme.

— Iona, sois honnête avec toi-même, ai-je vraiment à en jouer ? murmura-t-il d'une voix rauque. Tu as envie de moi, je le sens à tes seins durcis, à ton souffle saccadé, à la douceur de ton corps quand tu t'abandonnes entre mes bras, à ces lèvres que tu voudrais m'offrir sans oser passer à l'acte. Nous sommes adultes, libres, pourquoi te refuser ce que tu désires autant que moi ?

Un coup frappé à la porte les interrompit.

Luke lâcha Iona, qui reprit avec difficulté le contrôle d'elle-même. Une seconde de plus et elle succombait à la force irrépressible qui la poussait vers lui. Dans ses bras, elle n'était plus qu'une femme offerte, vibrante de désir. Il lui faisait tourner la tête…

— Je vais me retirer dans ma chambre, balbutia-t-elle d'une voix blanche.

Luke ouvrit et se trouva face à un coursier qui lui tendit une lettre recommandée.

— Reste, Iona, rétorqua-t-il après avoir signé le reçu. Je pense que le message que m'envoie mon père t'intéresse aussi au plus haut point.

Il salua le coursier, referma la porte et parcourut la lettre, avant de la reposer sur la table d'un air soucieux.

— En effet, murmura-t-il dans un soupir. Il m'avertit qu'il va envoyer quelqu'un pour récupérer Chloé. En fait, il me déclare la guerre, et il l'aura ! La bataille juridique risque d'être longue, car il m'informe que la mère de Chloé est prête à attester sous serment que je l'ai forcée à me laisser adopter sa fille. Et, dans ces conditions, je peux perdre…

— Mais… et Chloé ? lança Iona, atterrée. Ils ne pensent pas à elle ?

— Elle est le cadet de leurs soucis, affirma Luke, désabusé. Pour eux, elle n'est qu'un moyen pour parvenir à leurs fins : sa mère veut se servir d'elle pour se faire entretenir, mon père, pour se venger de moi.

Un silence pesant s'instaura dans la pièce. Atterrée à l'idée de ce qui attendait Chloé, Iona réalisa tout à coup qu'elle refusait d'être, par sa passivité, complice d'une telle horreur. Elle savait à quel point les enfants d'Angie avaient été affectés par le départ de leur père, elle avait vu nombre d'enfants souffrir des règlements de comptes sanglants entre leurs parents. Elle ferait tout pour éviter ces traumatismes à la petite fille.

Si elle n'acceptait pas la proposition de Luke et qu'on lui arrachait Chloé, elle s'en voudrait toute sa vie.

— D'accord, déclara-t-elle enfin d'une voix étranglée. Je veux bien t'épouser. Mais à certaines conditions.

— Lesquelles ? rétorqua-t-il, surpris.

— Même si notre mariage n'en sera pas vraiment un, j'exige que tu me sois fidèle pendant le temps qu'il durera.

— Je le serai. Je ferai tout ce qui est en mon pouvoir pour que tu ne regrettes pas ta décision, ajouta-t-il d'une voix presque solennelle.

Et si un miracle se produisait ? songea-t-elle tout à coup, prise d'un fol espoir. Si, en vivant avec elle, Luke finissait par l'aimer ? Elle se reprit aussitôt, furieuse contre elle-même : si elle se prêtait à cette comédie, c'était pour Chloé, uniquement pour Chloé. Pas pour nourrir des fantasmes qui n'avaient pas lieu d'être.

— Je te suis très reconnaissant, reprit-il d'une voix émue. Ta décision peut tout changer pour Chloé, Iona…

Elle lutta contre l'émotion qui la gagnait elle aussi. Elle devait garder la tête froide, ne pas se laisser prendre au jeu, ne pas s'imaginer que Luke avait des sentiments pour elle. Et pourtant, comme c'était tentant !

— Et maintenant, comment envisages-tu la marche à suivre ?

— J'y ai déjà réfléchi. Je pense qu'un séjour à Tahiti ferait bien dans le tableau, puisque c'est là que nous nous sommes connus. Il va falloir être crédibles face au juge, car mon père va tout faire pour le convaincre que notre couple est un couple de circonstance.

Ce qui était le cas, songea Iona avec amertume.

— Or, à Tahiti, nous formions vraiment un couple, ajouta-t-il d'une voix grave, comme s'il avait lu dans ses pensées.

Comment était-il assez cruel pour lui rappeler ce qui avait été, et qui ne serait plus jamais ? songea-t-elle, en plein désarroi.

— Et à part ça, que suggères-tu ?

— De nous marier au plus vite. Mon père devient de plus en plus agressif, et il n'y a pas de temps à perdre. Nous devons régler quelques détails en urgence. Les papiers, bien sûr, et aussi les alliances, par exemple. Tu connais la taille de ton doigt ?

Le cœur de Iona se serra. Elle la connaissait, et pour cause : elle en avait eu besoin pour sa bague de fiançailles. A la mort de Gavin, elle avait enfoui le magnifique solitaire au fond d'un tiroir, incapable de le porter, et, depuis, n'avait jamais eu le courage de le ressortir…

— Gavin n'est plus là, Iona, murmura Luke avec une infinie douceur.

Elle blêmit.

— Comment savais-tu que je pensais à lui ? balbutia-t-elle.

— Je l'ai lu sur ton visage, expliqua-t-il. Gavin était sûrement quelqu'un de bien, et peut-être aurais-tu été longtemps heureuse avec lui. Mais il est parti, et tu as la vie devant toi, Iona. Il faut tourner la page.

Elle se redressa et il fut frappé par l'éclat intense de ses yeux transparents.

— Je l'ai fait, Luke, rétorqua-t-elle d'une voix à peine audible. Le jour où je t'ai rencontré.

Il y eut un silence si chargé d'émotion qu'elle n'osa le regarder. Qu'allait-il penser de cet aveu ? Pourquoi s'était-elle abandonnée ainsi ?

Alors il lui prit la main, entrelaça ses doigts aux siens et, lentement, les porta à ses lèvres pour y déposer un baiser furtif. Ce seul geste, si simple, si tendre, la combla. C'était comme s'il scellait symboliquement le lien qui, autour de Chloé, les unissait pour le meilleur et pour le pire.

Désormais, ils formaient une équipe, pensa-t-elle, émue aux larmes. Jusqu'à quand, avec quel avenir ? Toutes ces questions restaient en suspens…

Ils regagnèrent Auckland le lendemain.

Luke avait pris rendez-vous dans la plus prestigieuse bijouterie de la ville, où le directeur en personne les reçut dans un salon privé. Le choix de Iona se porta sur la bague la plus simple qu'on leur proposait, une alliance en or ornée d'une tourmaline entourée de petits diamants.

— Très belle sélection, fit le bijoutier. La pierre est magnifique. Je vous laisse …

Luke et Iona restèrent un instant face à face. Dans l'écrin grand ouvert, la bague brillait de mille feux.

— Approche-toi, murmura Luke d'une voix sourde en fixant les lèvres pulpeuses de la jeune femme.

S'il s'était écouté, il l'aurait attirée à lui et, qu'elle soit d'accord ou non, l'aurait embrassée jusqu'à lui en faire perdre le souffle, pour lui faire admettre l'évidence : ils n'auraient pas de paix tant qu'ils n'auraient pas renoué physiquement.

Mais il ne fallait pas. Elle lui rendait un immense service en acceptant de l'aider, il ne devait pas profiter de la situation en cherchant à obtenir d'elle ce qu'elle n'avait pas le courage de lui donner.

Ou du moins pas encore, ajouta-t-il en son for intérieur.

— Pourquoi ? demanda-t-elle tandis que son cœur se mettait à battre la chamade.

Elle sentit son regard lui caresser les lèvres, la nuque, s'attarder sur l'échancrure de son décolleté qui dévoilait la naissance de ses seins généreux. Une vague de chaleur la submergea à l'idée qu'il allait se pencher sur elle, l'enlacer, prendre possession de sa bouche et, comme ce premier jour à Tahiti, l'entraîner dans un tourbillon de sensations merveilleuses en la forçant à accepter ce qu'elle savait déjà : qu'elle ne pouvait pas lui résister.

Le silence se prolongea, électrique, et Iona eut la sensation affolante que ses jambes se dérobaient sous elle.

— Parce que je voudrais passer cette bague à ton doigt, expliqua-t-il enfin d'un ton posé.

C'est tout ? Elle eut un petit sourire crispé et refoula sa frustration. A quoi s'attendait-elle ? se demanda-t-elle avec une ironie amère. Elle était vraiment incorrigible !

Elle lui tendit sa main, qu'il prit dans la sienne.

Ce simple contact acheva de la déstabiliser. Et quand, sans la quitter des yeux, il glissa le bijou à son annulaire en lui effleurant la paume, ce fut pire encore. Un instant, fermant les yeux, elle s'imagina que c'était une véritable union qu'il scellait ainsi, qu'il s'engageait devant les hommes à la chérir jusqu'à son dernier souffle, qu'il lui promettait un amour éternel.

Mais cet instant de folie ne dura pas. Elle se ressaisit tant bien que mal et se força à sourire comme si de rien n'était quand, de nouveau, il porta sa main à sa bouche pour y déposer un rapide baiser. Se rendait-il seulement compte à quel point tout ceci pour elle était douloureux, comme la cruelle répétition de ce qui n'arriverait jamais ?

— Je ne pourrai jamais assez te remercier, Iona…

« Ne me remercie pas, implora-t-elle en silence, embrasse-moi ! Prends-moi dans tes bras, et fais-moi tout oublier en me serrant contre toi ! »

Mais elle garda le silence : ce n'était ni le lieu ni le moment. Peut-être, un jour, aurait-elle le courage de lui ouvrir son cœur pour se libérer de ce fardeau trop lourd à porter, mais pas à cet instant. Elle devait oublier son cas personnel pour mobiliser toutes ses forces au service de Chloé.

— As-tu une idée de la façon dont nous allons organiser

notre vie, une fois… mariés ? articula-t-elle en butant sur le dernier mot. Tu voyages beaucoup, je crois.

Il la scruta d'un regard surpris.

— Une fois mariés, oui, répéta-t-il avec fermeté, tu n'as pas besoin de prendre un ton si précautionneux pour prononcer ce mot ! Non seulement nous allons nous marier, mais nous mènerons une vie de couple marié, car de toute façon nous n'aurons pas le choix : je suis presque certain que mon père va diligenter un détective pour tenter de prouver que nous jouons la comédie.

— C'est vrai que j'ai un peu de mal à suivre, avoua-t-elle après un silence. Il faut dire que tout va vite, très vite, tu ne trouves pas ?

— Je dois dire que, pour un mariage éclair, ce sera un mariage éclair, enchaîna-t-il d'un ton plus détendu. Nous allons tous devoir nous adapter à cette situation.

— Heureusement, Chloé semble solide, fit observer Iona. Je suis sûre qu'elle acceptera la nouvelle, surtout si tu es là pour lui expliquer. Il faut qu'elle comprenne que ça ne changera rien à vos rapports. Tu es son point d'ancrage, Luke. Si elle va si bien, c'est parce que tu as toujours été là pour elle. Nous devons tout faire pour préserver cette relation privilégiée.

Soudain apaisés, ils échangèrent un sourire, unis dans l'amour qu'ils portaient à la petite fille.

— Tu as raison. D'ailleurs, quand nous serons mariés, je pense qu'il sera bon que nous fassions de longs séjours sur cette île perdue en mer Egée dont je t'ai déjà parlé, et que Chloé connaît bien. Elle y a toujours été très heureuse. Crois-tu que tu pourras y être heureuse aussi ?

Elle eut envie de lui répondre que peu lui importait le lieu, pourvu qu'elle soit avec lui.

— Bien sûr, affirma-t-elle. J'en profiterai pour apprendre le grec, et pour préparer le diplôme d'éducatrice que j'ai l'intention de passer.

— Dans ce cas, c'est parfait, conclut-il. Tu ne t'ennuieras pas…

Trois jours plus tard, ils s'envolaient pour Tahiti.

Luke avait pris toute l'organisation en main, et Iona s'était laissée faire docilement, réalisant à peine ce qui se passait. En l'espace d'un déjeuner, il avait même réussi à convaincre Angie que ce mariage express était une excellente idée. Sous le charme de Luke, celle-ci n'avait pas osé émettre de réserves. Peut-être enviait-elle sa cousine de devenir l'épouse d'un homme aussi exceptionnel…

A Tahiti, la première sortie qu'organisa Luke fut une promenade sur la plage où ils s'étaient rencontrés.

Comme c'était étrange de retrouver les magnifiques paysages de cette île où leur romance avait commencé… et s'était achevée, songea Iona, partagée entre la joie de se trouver dans cet endroit féerique avec Luke et Chloé, et la tristesse de savoir que tout ceci n'aurait qu'un temps.

La petite fille, ravie, s'émerveillait de tout : les fleurs exotiques aux senteurs sucrées et aux coloris flamboyants, les palmiers qui balançaient doucement leur feuillage sous la brise, le sable blanc si doux sous leurs pieds.

— Viens, lui dit Iona une fois de retour dans la vaste propriété de Luke. Je vais te faire découvrir la fleur qui a le plus extraordinaire parfum au monde.

— Je peux venir ? demanda Luke, intrigué.

— Bien sûr !

Elle prit la petite fille par la main et l'entraîna vers un magnifique gardénia, dont elle lui fit humer une fleur.

— Tu aimes ? demanda-t-elle.

— Oh ! oui ! s'exclama Chloé, ça sent presque aussi bon que toi !

Les deux adultes échangèrent d'abord un regard complice. Puis, peu à peu, ils furent incapables de détourner les yeux l'un de l'autre et leur sourire s'évanouit, tandis que la tension entre eux se faisait palpable.

Le désir les envahit, implacable, malgré la présence de la petite fille, qui, fort heureusement, ne se rendait compte de rien.

Comment nier cette alchimie qui les liait au plus profond, cette violente attirance qui les poussait l'un vers l'autre ? songea Iona, affolée. C'était comme si plus rien n'existait pour elle que cet homme au pouvoir de séduction quasi magnétique, à la sensualité prégnante.

Comment imaginer que, le jour où tout danger serait écarté pour Chloé, il allait disparaître de son existence alors qu'il était devenu sa raison de vivre ? Elle ne voulait même pas y penser…

— Tu as raison, Chloé, murmura Luke d'une voix sourde en fixant Iona d'un regard brûlant. Iona porte un délicieux parfum…

La gorge serrée, Iona frissonna et dut se retenir au tronc d'un laurier-rose pour ne pas tomber. C'était plus qu'elle n'en pouvait supporter.

De nouveau, il y eut un silence, à peine troublé par le murmure de la brise tropicale dans les palmiers.

Soudain, Luke toussota, et, à la grande surprise de Iona, c'est d'un ton parfaitement maîtrisé qu'il reprit la parole.

— Tu sais, Chloé, à Tahiti, les gens portent des colliers de fleurs quand ils ont quelque chose à fêter, expliqua-t-il. Le jour de notre mariage, Iona et moi en porterons un aussi.

— Et moi ? demanda aussitôt la petite fille en regardant Luke d'un air plein d'espoir.

— Toi aussi, bien sûr, affirma-t-il aussitôt.

Ravie, Chloé glissa la main dans celle de Luke et ils se dirigèrent vers la ravissante maison coloniale aux portes-fenêtres grandes ouvertes sur la mer et le jardin tropical.

Ils furent accueillis par Moana et Jacques, le couple

qui gardait la maison à l'année et qui leur annonça que l'apéritif était servi sur la terrasse.

Rien n'avait changé, songea Iona, profondément émue. Elle se souvenait de chaque détail, de la couleur des tuiles, des rocking-chairs sur la galerie de bois qui courait tout autour du bâtiment, de l'exubérance des massifs de fleurs, de cette douceur de vivre qui faisait de cette île un petit coin de paradis.

Pourtant, si, tout avait changé ! Lors de son dernier séjour, elle était la maîtresse de Luke. A présent, elle était sa femme, mais paradoxalement sa situation était encore plus instable…

9.

A l'avenir, elle devrait garder pour elle ses états d'âme, songea Iona en regardant avec attendrissement Luke, malgré ses grandes jambes, régler son pas sur celui de Chloé, si petite, qu'il tenait par la main.

L'affection qu'il portait à cette enfant la bouleversait. C'est en apprenant qu'il s'était consacré exclusivement à elle pendant ses premiers mois qu'elle avait compris à quel point elle l'aimait, se rappela-t-elle.

La vie avait meurtri Luke, sa mise au ban l'avait endurci, mais au fond de lui-même il gardait une part de douceur et d'humanité qui le lui rendait plus précieux encore.

Elle avait beaucoup changé à son contact. Elle n'avait plus rien à voir avec la jeune femme qui avait débarqué à Tahiti, le cœur brisé, certaine de ne jamais retrouver le goût de vivre. Luke l'avait transformée, et pas seulement en l'initiant aux infinis plaisirs de l'amour physique : il lui avait fait comprendre que son cœur battait toujours, et peut-être même plus fort encore que par le passé…

Comme au chalet, sa chambre était contigüe à celle de Chloé, constata Iona. Rien d'étonnant à ça, puisqu'aux yeux de Luke elle était avant tout celle qu'il employait pour s'occuper de la fillette…

Alors à quoi rimait ce mariage qui n'était qu'une

mascarade ? se demanda-t-elle tout à coup. Comment Luke allait-il réussir à jouer les maris comblés alors qu'il ne l'aimait pas ? Gagnée par l'amertume et le découragement, elle fut une nouvelle fois tentée de tout abandonner.

Et puis elle pensa à Aristo Michelakis, prêt à tout pour nuire à son fils, et elle retrouva d'un coup toute sa détermination.

Elle n'avait pas le droit de s'apitoyer sur son sort, alors que Chloé était en danger. Seuls comptaient la petite fille, et ce combat qu'elle avait accepté d'engager aux côtés de Luke pour la protéger.

Luke retrouva Iona pour le dîner. Il semblait soucieux… S'agissait-il d'un problème professionnel, ou d'une nouvelle menace de son père ? se demanda-t-elle sans oser lui poser la question.

Il prit place face à elle, et sembla se détendre peu à peu. Sa chemise noire en lin mettait en valeur son teint hâlé, ses yeux de braise. Une légère ombre soulignait son menton carré, accentuant encore l'aura de virilité qui émanait de toute sa personne. Fascinée, Iona se força cependant à détourner les yeux dans l'espoir vain de rompre le charme qu'il exerçait sur elle.

— J'espère que tu ne vois pas d'inconvénient à ce que la cérémonie respecte les traditions tahitiennes, lança-t-il d'un ton dégagé.

Iona eut du mal à réaliser qu'il parlait de leur mariage. De son mariage ! Tout ça paraissait si irréel !

— Non, pas du tout, assura-t-elle sur le même ton. En quoi cela consiste-t-il exactement ?

— Nous échangerons des colliers de fleurs, il y aura des chants et des danses locales, puis une courte bénédiction, le tout sur la plage, bien sûr ! expliqua-t-il. Les

Tahitiens adorent la fête, je suis sûr que ce sera très gai. Angie et les enfants vont adorer…

— Encore une fois, merci de leur permettre de venir, murmura Iona. Et la robe de Chloé ?

— Ne t'inquiète pas, une couturière viendra demain pour te montrer des modèles. Mais prépare-toi à négocier âprement : Chloé a déjà des goûts très arrêtés en matière de mode !

Iona sourit.

Quant à sa tenue à elle, le problème était réglé. Elle avait déjà acheté sa robe à Auckland, ce qui lui avait coûté une petite fortune, et valu une petite mise au point de la part de Luke.

Elle se souvenait parfaitement de sa réaction courroucée quand il avait appris qu'elle avait payé la robe de ses deniers. Il avait aussitôt décrété qu'il tenait à prendre en charge ses dépenses et lui verserait dorénavant une rente mensuelle.

— Et pas de discussion ! avait-il asséné quand elle avait ouvert la bouche pour protester. Tu vas être ma femme, tu abandonnes ton travail pour t'occuper de Chloé, et à ce titre il est parfaitement normal que tu jouisses d'un minimum d'indépendance financière !

Le minimum s'était révélé une somme fort conséquente, mais Iona renonça à protester. Quand Luke avait décidé quelque chose, elle était bien placée pour savoir qu'il était impossible de le faire changer d'avis…

A l'horizon, le soleil s'enfonçait peu à peu dans l'océan, teintant les nuées éparses de rouge et d'orangé, rosissant la voûte céleste de ses derniers rayons. Avec le crépuscule, le vent s'était calmé, et dans les buissons les grillons commençaient à distiller leur douce mélodie. Le parfum suave des gardénias et des lauriers embaumait l'atmosphère enfin rafraîchie.

Dans la nature, tout n'était que beauté et harmonie, constata Iona en contemplant la mer d'huile. Pourquoi éprouvait-elle cette tension intérieure, cette profonde insatisfaction, alors que tout autour d'elle aurait dû l'apaiser ?

La réponse était simple : parce qu'elle brûlait d'amour pour Luke, et que le savoir si près et si loin d'elle à la fois la mettait au supplice.

Elle aurait tout donné pour qu'il la prenne dans ses bras et lui prouve par un baiser passionné qu'elle avait eu raison, que ce mariage avait malgré tout un sens, même s'il ne pourrait jamais l'aimer comme elle l'aimait !

Mais il restait très courtois, comme si rien d'autre qu'un contrat professionnel ne les liait, comme si leur liaison torride n'avait jamais existé !

Elle savait qu'il respecterait ses engagements tant que durerait leur union, qu'il ne s'intéresserait pas à d'autres femmes, mais quelle valeur avait ce serment ? Ce n'était rien d'autre qu'une des clauses de leur étrange contrat, un contrat où l'émotion et les sentiments n'avaient pas leur place.

Ils se faisaient face de part et d'autre de la table, et, dans la lumière tamisée du crépuscule, les traits virils de Luke étaient empreints d'une extraordinaire noblesse, songea-t-elle, le cœur battant.

— J'espère que tu ne vas pas changer d'avis à la dernière minute, murmura-t-il tout à coup d'une voix sourde.

Elle sentit son regard brûlant s'attarder sur ses lèvres, glisser vers l'échancrure de sa robe, caresser la rondeur de ses seins, et ne put réprimer un frisson.

Le cœur battant à tout rompre, elle le vit se lever et se diriger lentement vers elle.

Un fol espoir l'envahit. Il allait la prendre dans ses bras, pensa-t-elle, éperdue, et ce seul geste effacerait toutes les questions qu'elle se posait.

Mais il se contenta de lui poser la main sur l'avant-bras.

— Tu es tendue, constata-t-il d'un ton posé, mais c'est normal, j'imagine. Ne dit-on pas que les futurs mariés sont toujours stressés avant la cérémonie ?

Quel détachement, quelle froideur ! pensa Iona, déçue. Ces quelques mots qu'aurait pu prononcer un étranger la ramenaient à la cruelle réalité… qu'elle n'aurait jamais dû perdre de vue.

Mais Luke ne retira pas sa main pour autant, et elle eut le plus grand mal à ne pas lui montrer à quel point ce simple contact la déstabilisait. Les souvenirs affluèrent à sa mémoire, elle se revit s'abandonnant à ses caresses impudiques, se livrant à ses doigts experts, acceptant toutes ses audaces…

— Je regrette que nous ayons dû précipiter la cérémonie, reprit-il. J'aurais mille fois préféré avoir quelques jours pour refaire connaissance. Mais au moins cette hâte nous évitera le cirque médiatique. Tout est allé si vite que personne ne nous sait ici, fort heureusement.

De nouveau, cette voix calme, ce ton posé, nota Iona, alors qu'elle-même se laissait aller à des fantasmes érotiques ! Décidément, ils n'étaient pas sur la même longueur d'onde, conclut-elle avec une amère lucidité.

Elle sentit une boule se former dans sa gorge et comprit qu'elle devait dire quelque chose pour lui donner le change. Il ne devait pas percevoir son malaise.

— Tu crois ? rétorqua-t-elle. Je te trouve bien optimiste ! Tu es une proie de choix pour les paparazzi, ne l'oublie pas…

Elle s'étonna elle-même d'avoir réussi à jouer la décontraction alors qu'il avait toujours la main sur son bras, qu'elle sentait la chaleur de sa paume sur sa peau, que son corps tout entier était électrisé par sa présence. Devinait-il son trouble ?

— Tu dois être fatiguée, dit-il enfin, et moi j'ai un souci de dernière minute à régler. Je vais prendre congé…

Alors, sans qu'elle s'y attende le moins du monde, il se pencha et lui déposa un baiser furtif à la base du cou. Chavirée, elle sentit une vague de chaleur déferler en elle, d'une violence inouïe, et ne put réprimer un tremblement.

D'instinct, elle leva la tête vers lui, le souffle court, les yeux mi-clos, et lui offrit ses lèvres entrouvertes.

— Je ne peux pas rester, balbutia-t-il d'une voix rauque.

— Je sais…

La tension monta en eux, presque insupportable.

— Ne me tente pas, Iona, je ne pourrai pas te résister. Je dois partir, répéta-t-il.

Avant de s'éloigner, il l'embrassa brièvement sur la bouche, cédant à une irrépressible pulsion. Puis, les traits tendus, les sourcils froncés, il s'écarta d'elle et disparut sans ajouter un mot.

Elle resta immobile, paralysée par l'émotion. La tête lui tournait, elle avait l'impression que son cœur allait éclater.

C'était un étrange baiser, pensa-t-elle quand elle eut repris ses esprits, aussi merveilleux que frustrant, et pour l'instant il faudrait qu'elle s'en contente…

Le lendemain matin, Iona lisait sur une chaise longue à l'ombre d'un manguier quand elle vit arriver Luke avec le même air soucieux que la veille.

— Que se passe-t-il ? lui demanda-t-elle, décidée cette fois à en avoir le cœur net.

— Les médias sont déjà là, sur le pied de guerre, annonça-t-il, contrarié. Quelqu'un les a avertis de la publication des bans.

Soudain nerveuse, Iona se mordit la lèvre inférieure.

L'idée d'affronter une horde de journalistes ne la réjouissait guère. La situation était déjà assez difficile à gérer comme ça…

— Ne maltraite pas ta jolie bouche, murmura tout à coup Luke, les yeux fixés sur ses lèvres pulpeuses.

— On dirait ma mère ! rétorqua Iona, amusée.

— Ta mère ? Non, je ne pense pas. Tu ne dirais pas ça si tu connaissais mes pensées, précisa-t-il de sa voix grave aux accents sensuels.

Ils se dévisagèrent longuement : dans leurs yeux brillait le même éclat, trahissant leur désir …

— C'est juste que… je n'ai pas l'habitude des journalistes, déclara enfin Iona pour rompre un silence de plus en plus déstabilisant.

— Ils ne t'importuneront pas, j'y veillerai, assura Luke avec fermeté. Ce qui les intéresse avant tout, c'est le conflit qui m'oppose à mon père. Ils savent désormais qu'il me poursuit en justice.

Iona se mordit la lèvre de plus belle.

— Ne t'inquiète pas, déclara Luke avec calme. Par précaution, nous n'emmènerons pas Chloé à la mairie, et je vais faire renforcer notre sécurité : mieux vaut être prêt à tout.

Comme pour illustrer ses paroles, il fronça les sourcils, en alerte. Il venait d'apercevoir à quelques centaines de mètres du rivage un bateau à moteur qui semblait faire du surplace. On distinguait deux hommes à bord, qui à l'évidence n'étaient pas des Tahitiens. L'un d'entre eux tenait dans sa main ce qui ne pouvait être qu'un appareil photo.

— Des paparazzi ! conclut Luke, furieux. Prêts à tout pour dénicher le cliché que vont s'arracher les magazines people. Heureusement, la sécurité veille, et ne va pas tarder à les déloger, j'en suis sûr.

En effet, un Zodiac se dirigeait à présent à vive allure vers le bateau à moteur. Les deux hommes n'insistèrent pas : ils mirent le moteur en marche et quittèrent la zone au plus vite.

— Tu vois, constata Luke. Un service de sécurité efficace, il n'y a que ça de vrai…

Iona garda le silence, impressionnée… et mal à l'aise. Repousser les journalistes qui le pourchassaient, telle était la vie de Luke, songea-t-elle. Et ce serait la sienne tant qu'elle vivrait à ses côtés.

— Ne fais pas cette tête catastrophée ! lança-t-il, amusé. Après nous, ce sera bientôt le tour de quelqu'un d'autre. Il leur faut sans cesse un nouvel os à ronger !

— Ton père aurait-il prévenu les médias ?

Un éclat métallique brilla dans les yeux noirs de Luke.

— Je le crains. Mais rassure-toi, dès que nous serons sur mon île en Grèce, nous retrouverons la paix. Là-bas, tout le monde me connaît depuis mon enfance et personne ne nous dérangera.

— Mais ici ! s'exclama Iona, affolée. Imagine qu'ils s'en prennent à Chloé !

— Je ne le permettrai pas, asséna Luke d'un ton sans appel. Pour la cérémonie, tout est prévu pour éviter les importuns. Tu n'as rien à craindre pour elle.

Iona ne fut qu'à moitié rassurée. Elle avait confiance en Luke, mais qui sait de quoi ces photographes étaient capables pour obtenir le cliché de leurs rêves !

— Iona !

Elle se retourna et aperçut Chloé. Son doudou dans les bras, les yeux encore gonflés de sommeil, elle avait du mal à tenir debout.

Elle se précipita et la prit dans ses bras.

— Ma chérie ! lui chuchota-t-elle à l'oreille. Tu as bien dormi ?

— Oui, mais j'ai soif. Tu peux me donner à boire ?

— Bien sûr, répondit Iona en se dirigeant vers la cuisine chargée de son précieux fardeau.

Luke l'arrêta en la retenant par le bras.

— Elle est trop lourde pour toi, laisse-moi la prendre, murmura-t-il avec douceur.

Ils se dévisagèrent, penchés au-dessus de l'enfant, unis dans cet amour qu'ils lui portaient tous les deux.

Mais, à cet instant, Chloé, bien réveillée cette fois, se tortilla pour être posée à terre.

Une fois sur le sol, elle prit Luke et Iona chacun par la main avec autorité.

— S'il vous plaît, faites-moi sauter ! implora-t-elle.

C'était l'un de ses jeux favoris, et ils s'exécutèrent bien volontiers.

Quand la petite fille, aux anges, se mit à rire aux éclats en virevoltant dans les airs, Iona eut la certitude qu'elle avait fait le bon choix.

Le bonheur de cette enfant valait tous les sacrifices, même celui d'un mariage arrangé avec Luke…

10.

Le soir, au dîner, pour aller avec sa jupe courte en lin blanc, Iona choisit un ensemble tunique et débardeur en voile de coton légèrement transparent assorti à la couleur de ses yeux. L'ensemble venait d'un petit magasin indien qui ne payait pas de mine, et elle songea, amusée, que Luke n'avait sans doute jamais eu une compagne habillée aussi simplement. Voilà qui le changerait des top-models en robes haute couture ! se dit-elle en enfilant des espadrilles à semelle compensée qui mettaient en valeur le galbe parfait de ses jambes.

Sur la terrasse, des bougies éclairaient la table, jetant leur reflet doré sur le visage racé de Luke, sur ses longues mains élégantes et puissantes à la fois, que Iona contemplait, fascinée, en les imaginant courant sur sa peau...

Par bonheur, Luke avait une conversation si distrayante que Iona parvint presque à oublier à quel point ce dîner romantique était peu approprié aux circonstances. Un étranger aurait sans doute été convaincu, en les voyant se sourire au-dessus des bougies, qu'ils étaient très amoureux...

— Chloé n'a pas voulu me montrer sa robe, annonça Luke en riant. Elle prétend que je ne dois pas la voir avant le jour J. A mon avis, il faudrait que tu lui expliques que ce n'est pas elle, la mariée !

— Elle est si excitée par tout ça, constata Iona, attendrie. Et aussi bien sûr par l'arrivée des garçons. A eux, je suis sûre qu'elle montrera sa robe, mais je crains que ça ne les intéresse pas beaucoup !

Ils échangèrent un sourire complice.

— Quelle chance pour elle d'avoir tout à coup des cousins, murmura Luke comme s'il se parlait à lui-même. Nous avons tous les deux été bannis de la famille, et mon père a averti tous ses proches qu'il les déshériterait s'ils s'avisaient même de me parler… Autant te dire qu'il a fait le vide autour de moi !

— Tu ne leur en veux pas de t'avoir ainsi laissé tomber ?

Luke poussa un soupir désabusé.

— Tu sais, j'ai compris depuis longtemps que l'argent corrompt tout, expliqua-t-il. La vengeance ne m'intéresse pas. Mais, si je n'en veux pas à ma famille, je n'oublie pas pour autant. La vie m'a appris à faire le tri entre les gens à qui je peux accorder ma confiance et les autres…

— Et parfois tu fais même appel à des détectives pour te renseigner sur ceux qui te paraissent suspects, n'est-ce pas ? enchaîna-t-elle d'un ton taquin.

— Je sens que tu n'oublieras pas de sitôt cet épisode, rétorqua-t-il avec une moue désabusée. Mais j'ai une surprise à ton intention pour me faire pardonner… Excuse-moi un instant, je reviens.

Il se leva et rentra d'un pas souple dans la maison, suivi des yeux par Iona, qui nota le fascinant mélange de grâce féline et de puissance virile qui se dégageait de sa silhouette athlétique.

Il réapparut quelques minutes plus tard et posa un écrin sur la table.

L'air stupéfait de Iona lui tira un éclat de rire.

— Ne fais pas cette tête ! s'exclama-t-il. Il s'agit simplement d'un cadeau pour notre mariage…

— Mais… je n'ai rien pour toi ! rétorqua-t-elle, partagée

entre la joie devant cette délicieuse attention et la gêne de ne rien avoir à lui offrir en retour.

— Qu'attends-tu pour regarder ? reprit-il comme elle restait sans réaction.

Elle se redressa et sourit pour dissimuler son émotion. Avec des gestes malhabiles, elle ouvrit l'écrin et découvrit, niché dans le velours rouge, un magnifique pendentif en diamants avec sa chaîne en or.

— Comme il est beau !

— Veux-tu que je t'aide à le mettre ?

Elle hésita, au supplice. Accepter, c'était le laisser la toucher, et elle ne savait pas si elle en avait le courage.

— Ou peut-être ne le souhaites-tu pas ? enchaîna-t-il en dardant sur elle un regard brûlant.

Il sembla à Iona que le temps s'arrêtait, que tout, soudain, redevenait possible…

Alors, cédant à une irrépressible impulsion, elle ôta sa tunique pour dégager son cou, révélant les rondeurs de son buste sculptural sous le Lycra moulant de son débardeur. Puis, sans un mot, elle lui tendit le collier.

— Je suis prête, souffla-t-elle d'une voix à peine audible.

Plus morte que vive, elle se retourna et baissa la tête pour offrir sa nuque à Luke. Une vague de chaleur la submergea ; elle tenta de se raisonner, de se convaincre que laisser Luke lui mettre son collier ne l'engageait en rien. Mais elle savait au fond d'elle-même qu'elle jouait avec le feu, que les braises qui couvaient en elle étaient prêtes à se raviver à la moindre occasion, que tout en elle le réclamait.

Luke l'avait en son pouvoir : elle ne pouvait pas lui résister…

A cet instant, elle se remettait entre ses mains, au sens propre comme au sens figuré…

*
* *

Les doigts de Luke l'effleurèrent en une caresse aussi légère que troublante, et quelques secondes plus tard le pendentif trouva sa place au creux de ses seins.

— Tourne-toi, que je voie si j'ai fait le bon choix… murmura Luke.

Alors Iona s'offrit à son regard intense, notant affolée l'éclat de désir brut qui brillait dans ses yeux noirs.

Jamais elle ne s'était sentie aussi perdue, aussi désemparée. Il avait envie d'elle, autant qu'elle de lui, alors pourquoi tout était-il si compliqué ? Pourquoi cette parodie de mariage les condamnait-elle paradoxalement à garder leurs distances ?

Un instant, elle faillit se jeter dans ses bras et chercher ses lèvres, pour profiter enfin de lui sans plus se poser de questions. Mais un dernier réflexe de fierté la retint. Elle ne pourrait pas lui cacher son amour, et l'idée qu'il allait la prendre en pitié parce qu'il ne pouvait pas y répondre lui était intolérable.

— Ce pendentif te plaît ?

Au prix d'un terrible effort, elle parvint à retrouver le contrôle d'elle-même et c'est d'une voix presque normale qu'elle lui répondit :

— Il est splendide. Mais pour l'instant je préfère que tu me l'enlèves, ajouta-t-elle. Je l'étrennerai officiellement le jour J.

Luke ne bougea pas.

— J'ai envie de tout t'enlever, Iona, murmura-t-il alors d'une voix rauque. Le collier… et le reste. Tu me rends fou.

Elle releva la tête et, du regard, l'implora de la prendre dans ses bras.

Il dut entendre sa supplique muette car, se penchant sur elle, il l'embrassa avec une ardeur qui la bouleversa. Leurs langues se trouvèrent et un même gémissement leur échappa. Ils avaient depuis si longtemps refoulé leur désir, prétendu au mépris de toute évidence qu'ils étaient capables de se côtoyer en restant sages ! Cette fois, les choses étaient claires et ils ne pouvaient plus les nier : le même feu brûlait en eux, d'une violence inouïe, et ils ne pourraient l'éteindre qu'en s'appartenant de nouveau. Tant qu'ils n'auraient pas libéré les forces qui les poussaient l'un vers l'autre, ils ne connaîtraient pas de paix.

La tension entre eux monta encore d'un cran ; leurs dents s'entrechoquèrent, leurs lèvres se cherchèrent, leurs souffles se mêlèrent. Luke enfouit les doigts dans les cheveux de Iona et son baiser se fit plus profond encore.

Quand il la lâcha enfin, elle ferma les yeux, étourdie par le tourbillon de sensations exquises qu'il faisait naître en elle, et s'accrocha à lui pour ne pas tomber. Il s'écarta quelques instants pour contempler son visage rougi par le désir, ses lèvres gonflées par leur baiser, ses yeux dont le bleu-vert avait soudain une fascinante profondeur. Elle était la femme que tout homme rêvait de posséder, pensa-t-il, ébloui : toute de sensualité, de douceur et de féminité…

Alors, n'y tenant plus, il l'attira à lui avec violence et la pressa contre ses hanches pour qu'elle n'ait plus aucun doute sur la réalité de son désir.

Iona s'abandonna à son étreinte, bouleversée de sentir son sexe si dur, si imposant contre elle. Ils allaient enfin être amants, et leur union effacerait d'un coup toutes les frustrations passées, se dit-elle, submergée de joie.

Désormais, rien ne pouvait plus arrêter les pulsions qui déferlaient en elle et la poussaient vers cet homme qui, depuis le premier instant où elle l'avait aperçu à Tahiti, n'avait jamais cessé d'occuper ses pensées.

— Comment pourrais-je te résister ? murmura-t-il d'une voix rauque.

— Ne me résiste pas, alors…

Il plongea son regard dans ses yeux émeraude comme s'il cherchait à lire dans son cœur, dans son âme.

— Je te respecte, Iona, sois-en convaincue, déclara-t-il

d'une voix vibrante d'émotion. Et j'ai aussi tellement envie de toi que je suis à bout. Je veux que tu sois à moi, mais j'ai peur que tu croies que je me sers de toi…

Elle se lova contre lui dans une invite si érotique que Luke eut le plus grand mal à résister à l'envie de la faire sienne sur-le-champ.

— Luke, coupa-t-elle d'une voix sourde, tes scrupules t'honorent, mais à cet instant je n'en ai rien à faire…

Elle releva la tête et le regarda droit dans les yeux, assumant cette fois le besoin qu'elle avait de lui.

— A cet instant, que veux-tu exactement ? demanda-t-il avec lenteur.

Ils se dévisagèrent un long moment dans un silence d'une extraordinaire intensité.

— Toi. C'est toi que je veux, avoua-t-elle dans un souffle. Rien que toi.

Alors, radieux, il la souleva comme si elle avait été une plume et, traversant la terrasse baignée par la lumière argentée de la lune, la porta jusqu'à sa chambre.

Quand il l'eut posée à terre, elle ne put s'empêcher de penser à la petite fille qui dormait à l'autre bout du couloir.

— Et… Chloé ? dit-elle. Si elle pleure, on ne l'entendra pas…

Il sourit, attendri que, même dans cette situation, elle s'inquiète de l'enfant.

— Ne t'en fais pas, répondit-il en l'attirant contre lui, j'ai un système de surveillance, nous l'entendrons.

Il glissa la main sous le débardeur de Iona, et nota avec ravissement le tremblement d'émotion qui la saisit.

— En revanche, mieux vaut qu'elle ne nous entende pas, ajouta-t-il en lui palpant le dos. J'ai l'intention de te faire l'amour toute la nuit et, si je me souviens bien, tu n'es pas particulièrement silencieuse dans ce genre d'exercice…

Elle rougit, aussi émue de ces paroles que de sentir qu'il dégrafait son soutien-gorge et prenait possession de ses seins. A son tour elle passa la main sous sa chemise pour retrouver le contact de sa peau, de son torse musclé, de la toison brune qui lui recouvrait la poitrine. Elle se souvenait de chaque détail de son corps mâle, même les plus intimes…

— Je me souviens très bien, susurra-t-elle en lui déboutonnant sa chemise.

Il l'aida à la lui enlever, et quand il apparut dénudé jusqu'à la ceinture, dans tout l'éclat de sa puissance et de sa virilité, elle crut que son cœur allait s'arrêter de battre. Il avait la beauté et la majesté d'un éphèbe surgi de l'Antiquité, pensa-t-elle, fascinée.

Elle se serra contre lui, et, de la langue, lui effleura l'épaule. Sa peau était délicieusement salée, comme dans son souvenir, et elle se remémora en rougissant tous les endroits de son corps qu'elle avait ainsi goûtés.

Par quelle magie Luke libérait-il en elle une sensualité débridée dont elle n'avait jamais soupçonné l'existence auparavant ? se demanda-t-elle, extatique. Dans ses bras, elle se sentait capable d'avoir les gestes les plus érotiques, de repousser toutes les limites. Pudeur et impudeur n'avaient plus lieu d'être : avec Luke, toutes les découvertes étaient légitimes…

Il la débarrassa de son débardeur et de son soutien-gorge et, la gorge sèche, contempla ses seins pigeonnants, la ligne gracile de ses épaules, ses mamelons déjà durcis qui appelaient les baisers. Iona se cambra pour mieux s'offrir à lui, dans une pose infiniment provocante qui le ravit.

— Tu es si belle, murmura-t-il d'une voix grave. Ensorcelante… Comment ai-je pu te laisser partir ?

— C'est moi qui suis partie, corrigea-t-elle.

Il la prit de nouveau dans ses bras pour s'abreuver à sa bouche fraîche et envoûtante. Sans cesser de l'embrasser, il l'entraîna vers le lit dans un mouvement désordonné, au risque de les faire tomber tous les deux.

Ils s'abattirent sur les draps de satin blanc, avides à présent d'aller jusqu'au bout de ce voyage extraordinaire qui les mènerait vers la félicité.

De ses doigts experts, Luke lui caressa le buste, soupesant avec ravissement la lourdeur de ses seins épanouis, titillant leurs pointes durcies, parcourant la chair douce. Puis ses lèvres prirent le relais de ses mains et, quand il cueillit dans sa bouche, l'un après l'autre, ses mamelons dressés, elle fut parcourue d'un spasme jusqu'au cœur de sa féminité.

— Luke, gémit-elle, le souffle court. Quand tu me touches, c'est si fort, si…

Il lui ferma la bouche d'un baiser et elle se pâma quand il la fouilla de sa langue experte. Le pouvoir qu'il avait sur elle l'effrayait et la comblait tout à la fois. Comment ferait-elle, après, quand leurs chemins se sépareraient ? s'interrogea-t-elle dans un éclair de lucidité, avant d'écarter cette terrible pensée de son esprit.

— Iona, avec toi, c'est un émerveillement permanent, constata-t-il. J'ai l'impression que nous pourrions passer le reste de notre existence au lit sans jamais nous lasser…

Quelques instants plus tard, leurs vêtements gisaient à terre dans le plus grand désordre. Par les larges fenêtres, la lumière nacrée de la lune illuminait leurs corps emmêlés, donnant à la scène un aspect féerique.

Ils restèrent quelques instants immobiles, comme paralysés par la gravité de l'instant, puis Luke effleura les hanches de la jeune femme, s'attarda sur son ventre creux, ses cuisses fuselées… Enfin, n'y tenant plus, il glissa la main entre ses jambes et reprit possession de cet endroit secret qu'elle avait gardé pour lui.

Ses doigts, d'abord discrets, s'aventurèrent au plus profond. Le souffle de Iona s'accéléra ; les yeux clos, en proie à une fièvre incontrôlable, elle se cambra pour l'accueillir en elle.

— Luke ! murmura-t-elle, éperdue.

Sans la quitter des yeux, il la caressa jusqu'à l'extase en guettant sur son visage l'explosion du plaisir. Elle se tendit, cria, et il sentit qu'elle avait atteint le point de non-retour. Il admira en silence son visage magnifié par l'amour, ce corps splendide qu'elle lui offrait avec tant de générosité.

Puis ce fut elle qui l'attira à elle… Elle voulait plus encore, elle voulait tout de lui. Ce merveilleux prélude renforçait le besoin qu'elle avait de le sentir en elle, de ne faire plus qu'un avec lui.

Incapable de contenir plus longtemps son élan, il s'allongea sur elle et elle s'ouvrit à lui. Il entra en elle avec lenteur, comme pour mieux savourer cet instant si précieux, où plus rien ne comptait que leurs deux corps unis.

Puis leur danse d'amour commença, duo infiniment émouvant où seul comptait le bonheur de rejoindre l'autre dans le plaisir partagé. Iona souleva son bassin pour mieux accueillir Luke, fermant les yeux pour savourer les sensations merveilleuses que ses mouvements de plus en plus rapides faisaient naître en elle. Leur souffle s'accéléra à l'unisson, leurs soupirs se mêlèrent à mesure que la tension montait en eux, puissante comme un raz-de-marée, implacable comme l'orage sur le point d'éclater.

Dans un dernier réflexe de lucidité, Iona pensa qu'elle ne revivrait jamais dans les bras d'un autre homme une telle intensité : Luke était le seul, l'unique…

Au plus fort de l'extase, elle poussa un cri et s'accrocha à lui comme un nageur en perdition. Le plaisir les saisit en même temps, les entraînant dans un univers magique, jusqu'à une communion absolue.

Puis Luke se laissa retomber sur elle, épuisé et comblé, secoué de spasmes de plus en plus espacés.

Iona resta immobile pour le garder encore un peu en elle. Enfin, il se détacha d'elle à regret et roula sur le côté. Quand elle eut repris ses esprits, elle eut tout loisir d'admirer son beau visage humide de sueur, son corps d'athlète détendu après l'amour, et son cœur fondit d'émotion.

Ce qu'ils venaient de connaître dans les bras l'un de l'autre était si beau, si fort…

Dix-huit mois plus tôt, Luke lui avait redonné le goût de vivre. Cette fois, bien au-delà du plaisir des sens, il lui redonnait le goût d'aimer. Car elle avait pour lui un amour absolu, unique, qui bouleversait son existence et donnait tout son sens à ce qu'ils venaient de vivre. Elle n'était plus seulement une femme heureuse de s'offrir à l'homme qui la désirait, elle n'existait plus que par lui, et cette évidence l'effrayait…

Car qu'allait-il se passer, après ?

Il ne fallait pas penser à l'avenir, se dit-elle en se nichant amoureusement contre son épaule.

Seul comptait le bonheur d'être nue entre ses bras, de respirer le parfum si troublant de leurs corps après l'amour, de sentir leurs cœurs battre à l'unisson…

— Je crois que je viens de transgresser la règle numéro un de toute employée, lança-t-elle d'une voix mutine.

— Tu veux dire… en couchant avec le patron ? enchaîna-t-il sur le même ton.

— Exactement.

Ils échangèrent un sourire.

— Mais si on épouse le patron, on a le droit de coucher avec lui, il me semble ?

Pour toute réponse, elle éclata de rire et se serra plus fort contre lui.

Elle s'éveilla dans ses bras à l'aube. Luke dormait, et elle tenta sans succès de quitter le lit sans le réveiller.

— Iona, où vas-tu ? demanda-t-il d'une voix ensommeillée en la retenant par la main.

— Je retourne dans ma chambre. Chloé va avoir besoin de moi, et puis…

Elle hésita un instant, et Luke lui lança un regard étonné.

— Qu'y a-t-il, Iona ?

— J'ai besoin d'être seule, de réfléchir, avoua-t-elle après un silence. Tout est allé si vite, tout est si fort. Je me sens entraînée dans une spirale que je ne maîtrise plus. Cette nuit, c'était extraordinaire, balbutia-t-elle en rougissant, mais…

— Extraordinaire ? coupa-t-il, perplexe. Tu me flattes…

Elle lui ferma la bouche d'un baiser.

— Non, et tu le sais, affirma-t-elle d'une voix grave avant de sortir du lit. Rendors-toi, Luke…

Cette fois, il ne la retint pas.

Dans sa chambre, elle délassa sous une longue douche son corps endolori par leurs ébats, enfila un pyjama et se glissa dans son lit, non sans avoir vérifié que Chloé dormait encore à poings fermés.

Elle mit longtemps à trouver le sommeil.

Comment continuer à cacher son amour à Luke alors qu'elle allait devenir sa femme, qu'elle partagerait tout avec lui, qu'elle s'endormirait tous les soirs dans ses bras ?

Un jour ou l'autre, elle se trahirait, et ce fragile équilibre s'effondrerait. Car elle ne supporterait pas de lire dans ses yeux — il n'oserait pas le lui avouer — qu'il ne pourrait jamais lui rendre cet amour.

Le lendemain matin, elle surveillait Chloé sur la plage. Adorable avec son petit bob rose, la petite fille décorait de coquillages le château de sable qu'elle l'avait aidée à construire.

De temps à autre, Iona pensait à la nuit écoulée, aux

baisers impudiques de Luke, à ses caresses enivrantes, et un sourire un peu gêné se dessinait sur ses lèvres. Il venait de partir en ville pour régler les derniers détails administratifs en vue de leur mariage, et lui avait annoncé qu'il voulait rentrer tôt pour profiter de la plage avec elle.

— Iona, c'est qui, ce monsieur ? demanda tout à coup Chloé.

Iona se retourna et aperçut un homme vêtu d'un costume clair debout devant un cocotier.

Il était âgé, mais la ressemblance avec Luke était telle qu'il ne lui fallut que quelques secondes pour comprendre qu'il s'agissait d'Aristo Michelakis, son père.

Glacée, elle réalisa tout à coup qu'elles étaient seules face à lui. Luke était absent, et le garde du corps, invisible…

11.

L'angoisse assaillit Iona. Elle était seule avec Chloé, à la merci de cet homme sans scrupules qui avait juré la perte de Luke, et surtout était prêt à tout pour récupérer l'enfant et l'utiliser comme une arme contre son fils.

Apparemment, il n'était pas arrivé par la plage, mais par le jardin. Comment avait-il déjoué les systèmes de surveillance sophistiqués installés par Luke ? se demanda-t-elle, prise de panique.

Que voulait-il ? Etait-il armé, dangereux ? Avec lui, on pouvait s'attendre au pire : elle devait de toute urgence protéger Chloé.

— Monsieur Michelakis, je présume ? lança-t-elle en prenant la petite fille par la main. Je crains que Luke ne soit absent.

Elle aperçut alors avec un infini soulagement l'employée de maison qui observait la scène depuis la terrasse et qui, à l'évidence, avait compris que quelque chose n'allait pas.

— Rentre vite à la maison, glissa-t-elle alors à Chloé. Moana est sur la terrasse, elle t'attend. Dis-lui qu'elle s'occupe de toi jusqu'au retour de Luke.

Comme elle ne bougeait pas, perturbée par la présence d'Aristo, Iona la poussa légèrement pour la faire partir. Chloé devina-t-elle qu'elle serait plus en sécurité dans la maison ? Toujours est-il qu'elle s'exécuta sans discuter.

Iona ne fut rassurée que quand elle vit Moana la

réceptionner et l'entraîner à l'intérieur. Elle était en lieu sûr, désormais.

— Vous n'avez pas à vous inquiéter, lança alors Aristo d'un ton abrupt. Je n'ai pas l'intention de la kidnapper. Je respecte la loi, moi. Pas comme mon fils ! Il croit m'impressionner avec ce faux mariage, mais personne n'est dupe.

Tout à coup, derrière Aristo, Iona repéra le garde du corps qui approchait, prêt à intervenir. Soulagée, elle remercia intérieurement Moana : c'était elle qui avait dû le prévenir.

— Je vais vous demander de partir, déclara-t-elle alors à Aristo d'une voix ferme.

— Et si je refuse ?

— Dans ce cas, l'agent de sécurité se chargera de vous convaincre.

Aristo se retourna, aperçut l'impressionnante silhouette du garde du corps, et une expression de frustration amère déforma ses traits.

— Très bien, marmonna-t-il, cette fois-ci, vous vous en tirez bien mais, croyez-moi, je reviendrai…

Et, sur ces mots, il s'éloigna sans se retourner.

Les jambes tremblantes, Iona se précipita dans la maison et trouva Chloé qui goûtait tranquillement sous la surveillance attentive de Moana.

— Il est parti, le méchant monsieur ? demanda-t-elle.

— Oui, ne t'inquiète pas, répondit Iona en s'efforçant de dissimuler son trouble. Tout va bien.

A cet instant, Luke rentra dans la pièce et la petite fille lâcha son biscuit pour se précipiter dans ses bras. Il la garda longtemps contre lui puis la reposa à terre.

— Finis ton goûter, Chloé. J'ai des choses à discuter

avec Iona, je viendrai te lire une histoire plus tard. Tu me suis dans mon bureau, Iona ?

Elle lui emboîta le pas.

— C'est un ordre ? demanda-t-elle quand ils furent dans le couloir, hors de portée de voix de Chloé et Moana.

— Non, une suggestion, bien sûr, répondit-il.

Son ton était distant, son visage, fermé, constata-t-elle, le cœur serré. Mais à quoi s'était-elle attendue ? A ce que leur nuit de passion le transforme en amoureux transi ? Comment pouvait-elle être aussi naïve, aussi fleur bleue ? Elle lui plaisait, bien sûr, mais lui ne l'aimait pas. Il ne devait à aucun prix deviner les sentiments qu'elle éprouvait pour lui.

Luke lui jeta un regard en coin.

Iona le laissait perplexe… Comment cette amante passionnée devenait-elle dès qu'elle n'était plus dans ses bras cette femme sur la réserve, presque méfiante ? C'était aussi déconcertant que frustrant !

Il s'efforça de détourner son regard de ses seins généreux que soulignait agréablement son T-shirt. Dès qu'il était en sa présence, il avait envie d'elle comme jamais il n'avait eu envie d'une femme. Mais, en l'occurrence, ce n'était vraiment pas le moment…

— Je viens d'apprendre que tu as fait la connaissance de mon père, ce qui n'aurait jamais dû arriver, déclara-t-il d'un ton abrupt. Qu'as-tu pensé de lui ?

— Il m'a fait pitié.

— Pitié ?

— Oui. C'est un homme âgé, seul, plein d'amertume, qui a fait le vide autour de lui. C'est triste …

— Mais il est responsable de cette situation ! protesta Luke.

— Je sais, mais je me dis qu'aujourd'hui, quand il fait le bilan, il regrette peut-être d'en être arrivé là. Comme le roi de cette légende grecque dont tu m'as parlé, quand il a compris l'innocence de son fils après l'avoir fait assassiner…

— Mon père a beau jeu de se référer à cette légende ! Il n'en reste pas moins que comme Thésée, qui a cru Phèdre, sa femme, il n'a pas remis en cause un instant les affirmations de son épouse quand elle m'a accusé…

Iona réfléchit.

— Pourquoi a-t-il réagi ainsi ? demanda-t-elle comme si elle se parlait à elle-même. Il aurait dû être fier d'avoir un fils tel que toi ! Ou peut-être justement t'a-t-il jalousé parce qu'en grandissant tu lui échappais, tu lui faisais de l'ombre ?

— Peut-être, en effet, confirma Luke après un silence. Il existe bien des femmes qui, l'âge venant, prennent leurs filles en grippe, voyant en elles des rivales qui les menacent…

— C'est horrible, mais cela arrive, en effet.

— De toute façon, mon père a espéré toute sa vie que je sombre dans la médiocrité, reprit Luke. Il ne conçoit les rapports humains qu'en termes de pouvoir, et il a toujours voulu me dominer. Il était certain que, sans lui, je n'arriverais jamais à rien.

Iona sourit.

— Le moins qu'on puisse dire, c'est que tu lui as donné tort, fit-elle observer d'une voix douce.

— Quand il m'a chassé, j'ai serré les dents, et j'ai avancé tout seul, expliqua Luke. Même si j'ai eu des moments de découragement et de solitude, je me suis persuadé que j'y arriverais. Ma plus grande réussite, c'est de lui avoir prouvé que je m'étais fait sans lui. C'est un être qui croit tout contrôler, les choses comme les gens, et je pense que mon attitude l'a profondément déstabilisé.

Il s'interrompit un instant, les traits crispés.

— Mais tout ça, c'est le passé. A présent, il faut qu'il sache que, moi vivant, il ne récupérera pas Chloé.

— Il a très bien compris que notre mariage était un mariage de circonstance, déclara Iona en fronçant les sourcils.

— Alors ce sera à nous de le convaincre du contraire, lui et tous ceux qui pourraient en douter. Nous avons à notre disposition une tactique très simple…

— Laquelle ? demanda Iona, intriguée.

— Celle-ci, répondit-il en la prenant par la taille et en l'attirant à lui d'un geste possessif. Avec quelques variantes, comme celle-ci, ajouta-t-il en prenant ses lèvres en un baiser ardent.

D'abord, la surprise coupa les jambes de Iona.

Puis, oubliant comme par un coup de baguette magique Aristo et ses menaces, elle s'abandonna avec délice à l'étreinte de Luke. Les bras autour de son cou, elle rejeta la tête en arrière et répondit à son baiser avec la même ardeur. A cet instant, peu lui importait que ce mariage soit une mascarade : elle était dans les bras de l'homme qu'elle aimait, et cela seul comptait…

A bout de souffle, ils s'écartèrent enfin l'un de l'autre.

— Je vais adorer que tu sois ma femme, déclara alors Luke d'une voix sourde en la couvant du regard.

La gorge serrée par l'émotion, elle lui répondit en se lovant contre lui et ils restèrent quelques instants enlacés, leurs cœurs battant à l'unisson. Elle aurait tout donné pour que ce moment magique ne s'arrête jamais…

Puis, à regret, il se détacha d'elle.

— J'ai quelques informations pratiques à te communiquer, annonça-t-il. Le mariage civil aura lieu le matin, la cérémonie, l'après-midi. Et, malheureusement, nous devons renoncer à l'organiser sur la plage.

— Pourquoi ? lança Iona, déçue.

— A cause des médias, qui sont arrivées en nombre. Les contrôler sur la plage serait impossible.

— Je comprends.

— De toute façon, peu importe où et comment nous nous marions, enchaîna Luke, puisque notre seul but est d'assurer la sécurité et l'avenir de Chloé.

Iona garda le silence.

— Tu n'es pas d'accord ? demanda-t-il en la scrutant du regard.

— Si, bien sûr, répondit-elle en ravalant sa déception.

Luke avait raison, elle le savait, mais entendre de sa bouche qu'il ne l'épousait que pour Chloé lui faisait terriblement mal. C'était stupide, mais c'était ainsi…

— D'ailleurs, le fait que mon père ait réussi à pénétrer dans la propriété à notre insu doit nous rendre encore plus prudents, ajouta-t-il. Imagine une horde de reporters perturbant la cérémonie !

— En effet, fit Iona. J'espère surtout qu'il ne reviendra pas. J'ai eu très peur, je l'avoue, avant tout pour Chloé, bien sûr…

De nervosité, elle se mordilla la lèvre à ce seul souvenir, et aussitôt Luke l'attira à lui.

— Ne fais pas ça, lui murmura-t-il à l'oreille, c'est trop excitant… et ça me donne des idées tout à fait inavouables !

Elle sourit, heureuse de ce pouvoir qu'elle avait sur lui. Peut-être ne l'aimait-il pas, mais il avait besoin d'elle, se dit-elle. Ce n'était déjà pas si mal… et, de toute façon, il faudrait qu'elle s'en contente le temps que durerait leur étrange union.

— J'ai oublié de te dire que tu allais avoir une visite, cet après-midi, déclara Luke. Emily, qui dirige la seule boutique de mode chic de la ville, viendra te proposer des tenues pour la mairie. J'ai pensé que tu apprécierais de pouvoir te décider en toute tranquillité, loin de la presse déchaînée…

*
* *

Une heure plus tard, Emily arrivait, avec un choix de robes plus ravissantes les unes que les autres, et leurs chaussures assorties. Luke avait vraiment bien fait les choses, pensa Iona en écoutant ses conseils judicieux : c'était une vraie professionnelle.

Après de nombreux essayages et des hésitations plus nombreuses encore, Iona opta pour une robe fluide de soie ivoire aussi simple que féminine, dont l'ourlet au-dessus du genou révélait juste ce qu'il fallait de ses jambes au galbe parfait.

— Vous devriez relever vos cheveux, conseilla Emily. Vous avez un ravissant port de tête, une peau magnifique, et le chignon mettra parfaitement en valeur le petit chapeau que vous avez choisi.

Iona se laissa convaincre. En dépit des circonstances, elle voulait être belle le jour de son mariage, même si elle avait encore du mal à réaliser qu'elle serait l'héroïne de la fête.

Le soir venu, elle resta un long moment sur le balcon de sa chambre à contempler la mer. Sous la lumière de la lune, l'écume des vagues étincelait, presque phosphorescente, et seuls quelques bateaux croisant au large rappelaient la présence de l'homme.

Soudain, elle aperçut une silhouette sur la plage et son sang ne fit qu'un tour. Etait-ce Aristo, prêt à quelque mauvais coup ? Mais elle réalisa bientôt avec un infini soulagement qu'il s'agissait de Luke. Il marchait lentement, tête baissée, comme s'il était plongé dans ses pensées.

Regrettait-il ce mariage ? se demanda-t-elle, le cœur battant. Peut-être, même pour Chloé, hésitait-il à épouser une femme qu'il n'aimait pas ?

Il était encore temps de changer d'avis…

*
* *

Mais le lendemain, veille du mariage, tout s'accéléra. Les premiers invités arrivèrent, des amis proches de Luke, dont son témoin de mariage, un aristocrate espagnol d'une grande distinction. Luke fit les présentations, et Iona crut percevoir un léger étonnement dans le regard de Diego quand il lui serra la main. Probablement s'étonnait-il que son ami, séducteur devant l'éternel, ait choisi une compagne aussi peu glamour…

A la grande joie de Chloé, Angie et les enfants arrivèrent à leur tour, et bientôt une joyeuse agitation régnait dans la grande maison. La tradition interdisant aux futurs mariés de passer cette soirée ensemble, Luke avait organisé un dîner au restaurant avec les invités déjà présents sur l'île. Iona, elle, en profiterait pour se reposer.

Elle s'apprêtait à se mettre au lit tôt quand elle aperçut une grosse enveloppe posée sur sa table de nuit.

Intriguée, elle examina l'enveloppe avant de l'ouvrir. S'agissait-il d'un avenant au contrat de mariage, dont elle ne s'était d'ailleurs pas mêlée ? D'un petit mot tendre de Luke qui lui souhaitait de passer une bonne nuit avant le jour J ? En tout cas, l'enveloppe n'avait pas été envoyée par la poste…

A sa grande stupéfaction, elle ne contenait qu'une revue qu'elle feuilleta avec perplexité. Qui avait déposé ce magazine people dans sa chambre, et pour quelle raison ?

Elle comprit aussitôt quand elle tomba sur une photo pleine page de Luke… en compagnie d'une ravissante blonde, la dernière coqueluche de Hollywood qui posait par ailleurs sur la couverture.

Le cœur battant, elle observa le cliché avec attention et remarqua la main que Luke, un sourire séducteur aux lèvres, tendait galamment à la belle blonde pour l'aider à descendre l'escalier et le regard adorateur que cette dernière lui adressait en retour. A l'évidence, il y avait quelque chose entre eux…

Elle eut l'impression que le sol s'effondrait sous ses pieds, mais se raccrocha à un dernier espoir : peut-être cette photo avait-elle été prise avant que Luke et elle ne reprennent le fil de leur étrange histoire ?

Un coup d'œil à la couverture dissipa ses dernières illusions : le magazine était sorti la veille…

Alors, le cœur lourd, elle referma le journal. Aristo était sans doute l'auteur de cet envoi. Il savait qu'elle souffrirait et que ces photos risquaient de remettre en cause leur mariage.

Alors, décidée à boire le calice jusqu'à la lie, elle reprit le magazine et se plongea dans la lecture de l'article sur Susan Mainwaring. La jeune actrice évoquait ses projets de mariage avec Luke et, quand on lui demandait de quelle manière elle comptait concilier vie conjugale et vie professionnelle, la réponse était claire :

« Pour l'instant, je veux réussir ma carrière d'artiste, affirmait-elle. Donc, les enfants, ça attendra ! Dans huit ou neuf ans peut-être, vers trente ans, je me reposerai la question. Je ne suis pas du tout prête pour la vie de famille ! »

Il n'y avait plus de doute possible, conclut Iona en refermant le magazine, accablée. Non seulement Luke et Susan étaient amants, mais il lui avait promis le mariage.

Comment dans ces conditions pouvait-elle accepter de l'épouser alors que la situation avec Susan n'était pas clarifiée ?

Elle songea à l'appeler sur-le-champ pour exiger une explication, mais y renonça. Il ne pouvait décemment pas abandonner ses invités en leur expliquant que sa future épouse le convoquait pour lui parler de sa maîtresse !

Accoudée au balcon, elle contempla la mer en espérant que le spectacle des flots ondulant sous la lune, le bruit régulier du ressac l'apaiseraient un peu. Mais la blessure était telle que rien ne pouvait la calmer.

Pourquoi Aristo lui avait-il fait parvenir cette revue ? s'interrogea-t-elle tout à coup. Quelle sombre stratégie poursuivait-il ?

Et brusquement, elle comprit : autant un juge n'hésiterait pas à confier à Luke la garde de l'enfant si elle était sa femme, autant il y réfléchirait à deux fois s'il s'agissait de Susan, jeune actrice en devenir qui proclamait haut et fort sa volonté de faire carrière avant tout et son désintérêt pour la vie de famille !

Aristo avait donc tout intérêt à pousser de nouveau Luke dans les bras de Susan, d'où l'apparition fort opportune de ce magazine…

Restait à savoir l'essentiel : Luke avait-il réellement promis le mariage à Susan Mainwaring ?

12.

Elle se décida à l'appeler en fin de soirée. Il venait de quitter ses invités et lui répondit immédiatement.

— Que se passe-t-il pour que tu m'appelles si tard ? interrogea-t-il d'un ton inquiet.

— J'ai besoin de te voir. Rassure-toi, il ne s'agit pas de Chloé, ajouta-t-elle comme il restait silencieux.

— Nous ne pouvons pas régler le problème par téléphone ? demanda-t-il, surpris.

— Non.

A l'autre bout du fil, ce fut de nouveau le silence.

— Bien, murmura enfin Luke, perplexe. Je serai là dans vingt minutes.

Quand elle lui ouvrit la porte, Iona réalisa que, dans son trouble, elle n'avait même pas pris la peine de passer un peignoir pour dissimuler son pyjama préféré. Or, s'il était confortable, de multiples lavages l'avaient rendu informe et d'une couleur indéterminée, mais elle n'arrivait tout simplement pas à s'en séparer…

Tant pis ! se dit-elle. L'heure n'était plus à la séduction.

— Pour une veille de mariage, on ne peut pas dire que tu aies sorti le grand jeu, fit remarquer Luke avec ironie.

— En effet, rétorqua-t-elle sèchement en lui tendant le

magazine ouvert à la page qui le représentait avec Susan, ce n'est pas le propos.

Il fronça les sourcils et parcourut l'article. Quand il eut fini sa lecture, il releva la tête.

— Je présume que tu veux savoir si nous étions amants ?

— Non. Je veux savoir si tu as laissé entendre d'une façon ou d'une autre à cette femme que tu allais l'épouser, précisa-t-elle d'une voix coupante.

Une tension presque palpable s'installa dans la pièce, et ils se défièrent du regard pendant quelques instants qui parurent à Iona durer une éternité. Curieusement, elle eut l'impression que son destin dépendait de la réponse de Luke…

— Non, déclara-t-il enfin, brisant un silence de plus en plus pesant.

Elle n'eut même pas besoin de scruter son visage pour savoir qu'il disait la vérité. Luke n'était pas un menteur, elle l'avait toujours su. S'il avait quelque chose à se reprocher, il l'assumait.

— Alors je suis rassurée, murmura-t-elle dans un souffle.

Il lui lança un regard stupéfait.

— Cette réponse te suffit donc ?

— Oui.

— Laisse-moi tout de même te donner quelques précisions, reprit-il, décidé à mettre les choses au point. Je ne sais pas si Susan a réellement évoqué le sujet dans cette interview, ou si c'est une invention de journalistes prêts à raconter n'importe quoi pour vendre leur feuille de chou, mais sache que jamais je n'ai parlé mariage avec elle. De toute façon, il était clair qu'elle ne pensait qu'à sa carrière, et Chloé ne l'intéressait en aucune façon. Nous avons eu une liaison pendant quelques mois, c'est exact, mais j'y ai mis un point final dès que j'ai su que mon père voulait récupérer la garde de Chloé.

— Tu étais amoureux d'elle ? demanda Iona malgré elle.

A peine avait-elle prononcé ces mots qu'elle les regretta, mais trop tard.

— Non, précisa-t-il d'un ton parfaitement naturel. C'était une passade, rien de plus, pour elle comme pour moi. Et, de toute façon, tu sais que mon seul souci est et a toujours été Chloé.

— Je sais, fit Iona en luttant contre la douloureuse amertume que cette affirmation suscitait en elle.

Il fronça les sourcils, troublé.

— Tu comprends bien que je suis obsédé par l'idée que mon père puisse lui faire du mal ! reprit-il avec une soudaine véhémence. Il est dangereux, et j'ai peur pour toi aussi depuis que je t'ai entraînée dans cette aventure !

— Ne t'inquiète pas, je suis sur mes gardes. Je comprends que tu veuilles aller au bout de ce combat, répondit-elle après un silence, même si, encore une fois, ton père me semble être aussi, paradoxalement, une victime dans toute cette histoire. Une victime de lui-même, de son orgueil, de son obstination, ajouta-t-elle comme si elle se parlait à elle-même.

Elle se tut et le silence se fit de nouveau entre eux, chacun étant plongé dans ses réflexions.

— Pourquoi était-il si important pour toi de m'entendre dire que je n'ai jamais parlé mariage à Susan ? demanda tout à coup Luke en dardant sur Iona un regard inquisiteur.

« Parce que je t'aime ! » faillit-elle rétorquer. Mais, l'estomac noué, elle garda le silence : lui avouer ses sentiments la veille même de ce mariage de circonstance n'avait aucun sens…

— Très bien, fit-il d'un ton sec. Tu ne veux pas parler. Alors laisse-moi te poser une autre question : pour quelle raison as-tu accepté de devenir ma maîtresse il y a dix-huit mois ?

Elle releva la tête, au supplice. Pourquoi la poursuivait-il ainsi de ses questions auxquelles elle ne pouvait pas répondre ? Pourquoi la poussait-il à bout ?

Jamais elle ne s'était sentie aussi déstabilisée, aussi perdue. D'une part, la raison voulait qu'elle se taise, que pour le bien de Chloé elle continue à jouer la comédie tout en continuant à souffrir en silence.

Mais, d'autre part, elle n'avait plus la force de cacher plus longtemps cette passion dévorante qui la minait, ce besoin irrépressible qu'elle avait de lui, cette incapacité dans laquelle elle était d'envisager la vie sans lui…

Ne valait-il pas mieux crever l'abcès, se libérer de ce poids qu'elle n'arrivait plus à porter ?

Et si, en lui ouvrant son cœur, elle allait tout gâcher ? songea-t-elle tout à coup, en plein désarroi. Peut-être Luke la prendrait-il en pitié, ce qui lui serait intolérable ? Ou, pire encore, refuserait-il tout contact avec elle ? Elle n'y survivrait pas…

Soudain l'évidence s'imposa à elle : il était temps de lui parler, grand temps. C'était une question de fierté, d'honnêteté par rapport à elle-même, et à lui aussi. Elle ne détestait rien tant que la dissimulation.

Elle se sentait assez forte pour payer le prix de sa sincérité, pour assumer les conséquences de ses actes : elle en avait assez de ce mensonge. Vivre pleinement, c'était prendre des risques et, pour retrouver l'estime d'elle-même, celle de Luke, elle était prête à tout.

C'est la voix vibrante d'émotion qu'elle prit la parole, consciente de jouer son va-tout.

— Pourquoi ? Parce que tu as tout de suite fait ma conquête, balbutia-t-elle dans un souffle. Tu étais si vivant, si fort, si charismatique ! Après ce que je venais de vivre, c'était la vie qui revenait en moi grâce à toi, l'espoir qui renaissait ! Tu m'as insufflé l'énergie que je croyais avoir perdue à jamais, le goût du bonheur, la capacité de sourire de nouveau.

Elle s'interrompit, les yeux brillants, et crut un instant ne pas avoir le courage de continuer. Mais elle inspira profondément pour reprendre le contrôle d'elle-même et trouva la force de poursuivre.

— Au début, je me suis laissé emporter par ce courant merveilleux qui me ramenait à la vie. Et puis, peu à peu, j'ai compris que j'étais en train de m'attacher à toi alors que, toi, tu ne cherchais qu'une aventure sans lendemain.

Plus morte que vive, elle lui jeta un regard, mais il semblait changé en statue : ses traits étaient figés, il était blême. Comme elle le craignait, ce qu'elle venait de lui dire le mettait très mal à l'aise.

— Mais je t'ai proposé de t'installer avec moi ! protesta-t-il d'une voix sourde. Pourquoi as-tu refusé ?

— Parce que j'ai été stupide… J'ai eu peur. Ce que j'éprouvais pour toi n'avait rien à voir avec l'histoire d'amour sage et contrôlée que j'avais vécue avec Gavin. C'était si puissant, si fort que ça m'a effrayée. J'avais l'impression que tu étais devenu toute ma vie, que je ne contrôlais plus rien. Je ne me reconnaissais pas.

— Et pourtant, tu es partie, asséna-t-il brutalement.

— Je suis partie mais, quand nous nous sommes retrouvés à Auckland de façon si inattendue, je suis restée, rappelle-toi.

Il lui lança un regard scrutateur comme s'il cherchait à lire dans les tréfonds de son âme.

— Pourquoi es-tu restée ? reprit-il. Pourquoi as-tu cru à mon innocence alors que mon père m'accusait ?

— Parce que j'ai toujours su que tu disais la vérité. C'est comme ça…

— Et Chloé ? Pourquoi as-tu accepté de t'engager dans ce combat avec moi ?

Poussée à bout, elle baissa la tête. Cette fois, elle était prête à prononcer les mots qu'elle retenait depuis si longtemps.

— Parce que te voir avec elle n'a fait que décupler l'amour que j'ai pour toi, répondit-elle d'une voix à peine audible. Je t'aime, Luke. Peut-être ne devrais-je pas te le dire, mais j'ai bien réfléchi, et je crois que je te dois la vérité… Je t'aime de toutes mes forces, de toute mon âme.

Elle releva la tête, soudain soulagée d'un grand poids. Désormais il savait, et elle se sentait en paix avec elle-même. Prête à affronter ce qui allait suivre…

Elle chercha son regard, et la lueur d'allégresse qu'elle nota dans ses yeux noirs la stupéfia et la ravit tout à la fois.

Il lui sourit avec une infinie tendresse et l'attira à lui.

— Iona, lui glissa-t-il à l'oreille. Je me souviendrai jusqu'à mon dernier souffle de cet instant où je t'ai aperçue pour la première fois sur la plage… Cheveux au vent, si gracieuse dans ton paréo, tu semblais tout droit sortie d'un tableau de Botticelli. Comment aurais-je pu te résister ?

Elle se lova contre lui, comblée. Peut-être n'était-ce pas une déclaration d'amour, mais elle s'en contenterait…

— Je suis tombé sous ton charme tout de suite, reprit-il de sa voix grave. Ton naturel, ta féminité, ta sensualité, tout me plaisait en toi… D'abord, j'ai cru que notre histoire serait un intermède merveilleux, une parenthèse amoureuse dans un parcours où j'avais toujours pris soin de ne jamais m'attacher à aucune femme.

Il fit une pause et elle sentit son cœur se mettre à battre la chamade. Où Luke voulait-il en venir ?

— Et puis je me suis rendu à l'évidence, reprit-il : j'étais follement amoureux de toi. Comme je ne l'avais jamais été auparavant et comme je ne le serai jamais plus, ajouta-t-il d'une voix grave.

Iona le dévisagea, bouleversée, n'osant encore croire à son bonheur. Mais non, elle ne rêvait pas ! Il la couvait d'un regard passionné qui lui prouvait si besoin était l'intensité de ses sentiments.

— Luke, balbutia-t-elle, éperdue. Tu m'aimes donc vraiment ?

Pour toute réponse, il la serra contre lui à l'étouffer.

— Non seulement je t'aime, Iona, mais je ne veux plus te quitter, jamais ! Je ne te laisserai plus partir…

Elle se laissa aller enfin à son bonheur : ces mots, elle rêvait de les entendre depuis si longtemps !

— Moi aussi, je t'ai aimé dès le premier instant, avoua-t-elle. Tu as pris possession de mon cœur, et tu ne l'as pas quitté depuis… Je suis partie parce que cet amour me faisait peur. C'était trop rapide, trop fort ! J'imaginais que, loin de toi, mes sentiments s'atténueraient, que je parviendrais à t'oublier… Mais je me trompais lourdement ! Je pensais sans cesse à toi, je rêvais de toi toutes les nuits. Comment aurais-je pu imaginer qu'un jour je vivrais cet instant magique où tu me déclares ton amour ! Même dans mes rêves les plus fous, je n'osais pas…

— Cette fois, tu ne rêves pas, Iona, nous ne rêvons pas, déclara-t-il d'une voix grave. Et je vais te le prouver…

Joignant le geste à la parole, il glissa une main sous son pyjama et s'empara de la généreuse rondeur d'un sein, caressant la chair douce. Iona gémit, éperdue de bonheur et d'émotion, et lui tendit ses lèvres.

— Luke, murmura-t-elle entre deux baisers, la nuit de noces, c'est le soir du mariage…

Il s'écarta un instant et lui sourit.

— La nuit de noces, pour nous, ce sera tous les soirs, mon amour. Mais je veux bien faire une exception aujourd'hui pour respecter la règle. En plus, superstitieuse comme elle est, si Angie apprenait que nous avons dormi ensemble, elle en ferait une maladie !

De peur de succomber au désir qui la brûlait, Iona s'arracha des bras de Luke.

— A demain, mon amour, murmura-t-elle en lui jetant un regard passionné.

— Demain sera le plus beau jour de ma vie, Iona, car tu deviendras ma femme, et plus jamais nous ne dormirons séparés l'un de l'autre…

Vingt-quatre heures s'étaient écoulées.

Désormais mari et femme, Iona et Luke venaient de s'unir avec une tendresse apaisée. La passion était là, toujours aussi vive, mais la certitude de leur amour réciproque les emplissait d'une sérénité nouvelle. L'avenir était pour eux porteur de mille promesses radieuses…

Etroitement enlacés, ils savouraient ce moment précieux où, après l'amour, la sensation presque physique de ne plus faire qu'un avec l'autre n'est pas encore dissipée.

— Après la mairie, Chloé m'a demandé si elle pouvait m'appeler maman, murmura Iona.

— Et qu'as-tu dit ?

— J'ai dit oui…

Luke chercha les lèvres de Iona et l'embrassa avec une infinie douceur.

— Elle a trouvé en toi cette mère qu'elle n'a jamais eue. Elle ne sait pas quelle chance elle a de t'avoir… Mais moi je le sais. Tu as transformé notre vie, Iona.

— Et vous avez transformé la mienne, enchaîna-t-elle d'une voix étranglée par l'émotion.

Ils s'étreignirent en silence, leurs cœurs battant à l'unisson.

— J'ai pensé aussi que nous devrions inviter Neelie pour les vacances, reprit Iona. Pour Chloé, c'est une sorte de grand-mère de substitution et il faut qu'elles gardent le contact.

Luke déposa un baiser léger sur la tempe de Iona.

— Tu m'es si précieuse, murmura-t-il. Toujours tournée vers les autres, si généreuse… Moi aussi, j'ai quelque chose à te dire, reprit-il d'un ton grave. J'ai parlé à mon père ce matin.

Elle se dégagea, stupéfaite.

— Et alors ?

— Il renonce à réclamer la garde de Chloé.

— C'est vrai ? s'écria Iona, incrédule. Mais pourquoi cette volte-face ?

— Parce que, quand il l'a vue, il a eu une sorte de déclic. Chloé ressemble à ma mère, que mon père adorait. Il ne s'est jamais remis de sa disparition prématurée.

Ainsi, tout s'arrangeait, songea Iona, apaisée. Ils n'auraient plus à vivre avec l'angoisse qu'on leur retire Chloé. C'était un nouveau bonheur qui s'ajoutait à leur bonheur…

Elle se nicha contre l'épaule de Luke et passa la main sur la toison brune qui lui recouvrait le torse.

Par moments, elle se disait qu'elle rêvait, que c'était trop beau pour être vrai, qu'elle allait se réveiller et retrouver la réalité. Mais à cet instant Luke la prenait dans ses bras, lui disait des mots tendres, et la joie l'inondait. Elle était sa femme, et il l'aimait !

— Et il y a autre chose, Iona, ajouta-t-il d'un ton pénétré. Je crois qu'avoir fait ta connaissance a joué un rôle important dans sa décision.

— Mais pourquoi ? Nous avons à peine échangé quelques mots !

— Peut-être, mais il m'a avoué que tu lui avais rappelé ma mère, par ta fermeté, ton courage, la droiture de ton regard. Pour la première fois, il a pris en compte l'intérêt de Chloé, et il a compris que tu saurais la rendre heureuse.

Iona réfléchit un instant, infiniment touchée.

— Tu vois qu'il n'est pas aussi méprisable que tu le pensais, fit-elle observer avec douceur.

— Je vois surtout que c'est toi qui as su susciter en lui des sentiments plus humains, et je t'en saurai gré toute ma vie…

— Peut-être réussirez-vous à faire enfin la paix ? hasarda-t-elle. En tout cas, je le souhaite de tout mon cœur…

— J'ai bon espoir, dit Luke. S'il me tend la main, je ne la lui refuserai pas.

— Et je suis sûre qu'il le fera, conclut Iona. As-tu une autre grande nouvelle à m'annoncer ?

— Ce n'est pas une nouvelle, c'est un aveu, précisa-t-il d'un air presque gêné.

Elle lui sourit, taquine.

— De quoi s'agit-il ? Tu as fait une bêtise ? lança-t-elle d'un ton mutin.

— Oui. J'ai été terriblement jaloux de Iakobos.

Cette fois, elle éclata de rire.

— Tu peux rire, enchaîna-t-il d'un air contrit, mais sache que c'est à ce moment-là que j'ai compris la place que tu avais désormais dans ma vie. Et je te jure que ça m'a fait un choc !

Ils échangèrent un long baiser.

— Donc tu es un homme jaloux ?

— Non, car je suis sûr de tes sentiments. Jamais je ne douterai de toi, Iona, et jamais tu n'auras à douter de moi. Nous sommes unis pour la vie, et rien ni personne ne pourra remettre en cause notre amour.

Elle se serra contre lui, et, fermant les yeux, s'abandonna à sa caresse. Une vague de chaleur s'empara d'elle quand elle sentit la main de Luke glisser sur sa hanche, dessiner la courbe de ses cuisses, puis se nicher entre ses jambes.

— J'ai oublié de te demander une chose très importante, murmura-t-elle alors d'un ton faussement sérieux.

— Quoi donc ? s'exclama-t-il, décontenancé.

— Comment dit-on je t'aime en grec ?

Il sourit, soulagé.

— J'ai toute la vie pour te l'apprendre, et surtout te le prouver ! rétorqua-t-il en lui fermant la bouche d'un baiser.

Ne manquez pas, dès le 1er octobre

LA MARIÉE D'UNE SEULE NUIT, *Carol Marinelli* • *N°3396*

Alors qu'elle s'avance vers l'autel où l'attend Niklas dos Santos, Meg sent un bonheur intense et un envoutant parfum de liberté l'envahir. Oui, c'est bien elle, la si sage Meg, qui s'apprête à épouser ce bel inconnu ! Certes, ils n'ont partagé qu'une journée, faite de passion brûlante et de confidences murmurées... Mais ces instants ont été si merveilleux qu'elle est sûre qu'un lien puissant et indestructible l'unit à Niklas. Hélas, au petit matin, celui-ci la rejette violemment. Et Meg doit, dès lors, se rendre à l'évidence : l'homme dont elle vient de tomber éperdument amoureuse ne compte rien lui offrir d'autre que ce mariage d'une seule nuit...

UN SI SÉDUISANT PLAY-BOY, *Susan Stephens* • *N°3397*

Nacho Accosta ? Grace n'en revient pas. Par quel cruel coup du destin se retrouve-t-elle dans cette hacienda éloignée de toute civilisation, en compagnie du seul homme dont la présence suffit à la bouleverser ? Sa voix chaude, son charme ravageur, tout chez Nacho la fait vibrer. Comme autrefois. Seulement voilà, si elle a autrefois connu la passion entre ses bras, elle sait qu'aujourd'hui plus rien n'es possible entre eux. Comment pourrait-elle encore, trois ans après leur dernière rencontre, éveiller l'intérêt – et le désir – de ce play-boy farouchement indépendant qui collectionne les conquêtes ?

L'ÉPOUSE D'UN SÉDUCTEUR, *Jane Porter* • *N°3398*

Depuis qu'elle a quitté le domicile conjugal, cinq ans plus tôt, Morgane a soigneusement évité de croiser la route de Drakon Xanthis, l'époux qu'elle a tant aimé, malgré la blessure qu'il lui a infligée par son indifférence et sa froideur constantes. Mais, aujourd'hui, elle n'a pas le choix : elle affrontera Drakon - puisque lui seul a le pouvoir de sauver son père - et tournera enfin la page de leur histoire. Hélas, quand elle le voit apparaître en haut de l'escalier de cette maison qu'ils ont un jour partagée, Morgane comprend que ces retrouvailles, loin de lui apporter la paix, sont une nouvelle épreuve pour son cœur. Car les émotions que Drakon éveille en elle sont toujours aussi puissantes, et aussi dangereuses...

UNE ORAGEUSE ATTIRANCE, *Natalie Anderson* • *N°3399*

Lorsque son patron lui demande de *tout* faire pour faciliter le travail de Carter Dodds au sein de l'entreprise, Penny est horrifiée. Non seulement Carter ne voit en elle qu'une femme vénale et ambitieuse, mais il ne cherche même pas à dissimuler son intention de la mettre dans son lit. Une intention dont Penny se serait volontiers moquée si, elle ne ressentait pas elle-même la force irrésistible du désir. Un désir qui la pousse inexorablement vers Carter...

POUR L'HONNEUR DES VOLAKIS, *Lynne Graham* • *N°3400*

Lorsqu'elle accepte d'accompagner sa demi-sœur à la campagne, le temps d'un week-end, Tally n'imagine pas que ces quelques jours vont bouleverser sa vie à jamais. Et pourtant… A peine l'irrésistible milliardaire Sander Volakis pose-t-il les yeux sur elle que déjà, elle se sent gagnée par une intuition folle : il s'agit de l'homme de sa vie. Une intuition qui se confirme à la seconde même où il lui donne un baiser ardent, passionné...

Volume Exceptionnel 2 romans inédits

Hélas, le conte de fées tourne vite au cauchemar. Car, quelques semaines plus tard, lorsque Tally découvre qu'elle est enceinte, Sander entre dans une colère noire, avant d'exiger, quelques jours plus tard, qu'elle l'épouse. Bouleversée, Tally comprend alors qu'elle va devoir, pour le bien de son enfant à naître, se lier à un homme qui ne partage en rien ses sentiments. Un homme qui semble, en outre, lui cacher un terrible secret...

UN BOULEVERSANT DÉSIR, *Lucy King* • *N°3401*

Si quelqu'un lui avait un jour prédit qu'elle vivrait l'expérience la plus bouleversante – et la plus érotique – de sa vie à l'arrière d'une voiture, dans les bras d'un séducteur, Bella aurait éclaté de rire. N'a-t-elle pas toujours été raisonnable ? Et ne sait-elle pas exactement ce qu'elle attend d'un homme : de l'engagement, de la stabilité ? Tout ce que Will Cameron, aussi beau et troublant soit-il, ne pourra jamais lui offrir ! Mais alors que Bella a pris la ferme résolution d'éviter désormais tout contact avec Will, ce dernier lui propose un contrat qu'elle ne peut refuser. Un contrat qui l'obligera à travailler à ses côtés pendant un long mois...

UN PRINCE À SÉDUIRE, *Maisey Yates* • *N°3402*

Depuis l'échec de son mariage, Jessica s'est fait une spécialité de déceler les infimes détails du quotidien qui font les couples solides et unis. Elle en a même fait un art : son agence matrimoniale est réputée dans le monde entier. Aussi, quand le prince Stavros fait appel à ses services, se fait-elle un devoir d'ignorer l'attirance qu'il lui inspire et de se mettre à la recherche de l'épouse idéale. Celle qui saura régner à ses côtés, lui donner des héritiers et ne rien exiger de lui – surtout pas de l'amour. Mais lorsqu'après une troublante soirée, Jessica se réveille dans les bras de Stravros, elle n'a plus qu'une peur : celle de trouver la femme qui l'éloignera à jamais de cet homme qui lui a fait perdre la raison...

L'ORGUEIL DE JACOB WILDE, Sandra Marton • *N°3403*

- Indomptables séducteurs - 1ère partie

« Vous n'êtes qu'un mufle égocentrique et arrogant, Jacob Wilde ! » A ces mots, Jacob reste un moment interdit. Le moins qu'on puisse dire, c'est qu'Addison McDowell, ne semble pas impressionnée par lui. Et s'il ne se souvient même plus de la dernière fois où quelqu'un a osé le défier de la sorte, il doit avouer que le tempérament de feu d'Addison a un pouvoir étrange sur lui, celui d'éveiller son intérêt – et son désir. Serait-il temps pour lui de sortir de l'isolement dans lequel il s'est muré ? En tout cas, reprendre goût à la vie entre les bras d'une femme comme Addison lui apparaît soudain comme le plus excitant des projets. Et comme le plus savoureux des défis...

PASSION POUR UNE HÉRITIÈRE, *Lynne Raye Harris* • *N°3404*

- La couronne de Santina - 7ème partie

Enceinte ? A cette nouvelle, Anna sent son estomac se nouer. Certes, elle a toujours souhaité devenir mère, mais lorsqu'elle a cédé au désir que lui inspirait le séduisant Léo Jackson, jamais elle n'a imaginé qu'elle se retrouverait liée à ce séducteur impénitent par le plus puissant des liens. Bouleversée, mais résolue à protéger l'enfant qui grandit en elle, elle n'a pas d'autre choix que de proposer à Léo un arrangement insensé : un mariage de façade. Mais lorsqu'elle comprend que Léo entend faire d'elle sa femme dans tous les sens du terme, elle sent ses résolutions vaciller. Saura-t-elle protéger son cœur de cet homme qu'elle n'a pu oublier ? Qu'adviendra-t-il lorsqu'il se lassera d'elle ?

Attention, numérotation des livres différente pour le Canada : numéros 1833 à 1841.

www.harlequin.fr

Composé et édité par les
éditions HARLEQUIN
Achevé d'imprimer en août 2013

La Flèche
Dépôt légal : septembre 2013
N° d'imprimeur : 72725

Imprimé en France